AF209614

OROSHÁZI
FERENC ANDRÁS

ÚTKERESÉSEIM
DEUM PARTUS,
ISTENEK SARJADÉKA

novum pro

Ez a könyv
e-könyvként
is elérhető

www.novumpublishing.hu

© 2021 novum publishing

ISBN 978-3-99107-627-8
Lektor: Sósné Karácsonyi Mária
Borítóképek: Orosházi Ferenc András,
Sikth, Anna Shichkova,
Germanopoli | Dreamstime.com
Borító, tördelés & nyomda:
novum publishing
Illusztrációk: Orosházi Ferenc András

A szerző által a kiadó rendelkezésére
bocsátott képek a legjobb minőségben
kerültek nyomtatásra.

www.novumpublishing.hu

Minden jog fenntartva,
beleértve a mű film,
rádió és televízió, fotómechanikai
kiadását, hanghordozón és
elektronikus adathordozón való
forgalmazását, valamint kivonat
megjelentetését, illetve az
utánnyomását is.

Nyomtatva az Európai Unióban
környezetbarát, klór- és savmentes,
fehérített papírra.

ELŐSZÓ

Megtaláltak!
Megtaláltak! Ha igen, miért pont engem?
Mi, ki vagyok én? Mitől vagyok más, mint mások (mert semmiképp sem több!), hogy pont én?
Tehetek talán valamit a közért, netán az egész emberiségért?
Ezek kérdések.
És a válaszok?
A könyv végére kiderül. (Ha kiderül, és lehet, hogy mindenki derül ☺)

Azt mondta valami tapasztalt öreg:

„Hatékonyan harcolni, csak az igazság kimondásával és annak továbbadásával lehet!"

Hát akkor lássuk!
Nincs okom sem, legkevésbé érdekem, hogy bármit másként írjak le, mint ahogyan azt megéltem.

Az biztos, hogy egyszer csak eljut az ember gyermeke azon életszakaszába, amikor már van múltja bőven, de/és még – jó esetben – bízik a megélhető jövőben.

Én bízok. Nem csak a sajátomban, hanem a magyar nemzet – Kárpát-haza egészének – fényes jövőjében.

5

I. FEJEZET

Hatvanharmadik esztendőmet taposom jelen sorok – 2020 év – rögzítése idején, tehát elmondhatom, hogy évtizedek állnak már mögöttem, ugyanakkor makkegészségesen, erőm teljében érzem magam.

Örök optimistaként – belátom, néha a naivitás szintjéig – még rózsaszínben is képes vagyok látni az emberiség, benne a magyarság későbbi életét.

Ahhoz, hogy érthető legyen, miért úgy látom a dolgokat, ahogy, ahhoz be kell mutatkoznom. Ki voltam, vagyok. Zömében, ahogy én látom magam, ami persze korántsem lehet a teljes egész. Ez egy testi, lelki és szellemi utazás lesz téren és időn át.

Elöljáróban annyit, hogy a legelső, meghatározó életszakaszomat vidéken, drága Öreganyám óvó, vigyázó szárnyai alatt éltem meg.

Katolikus templomba járó öregasszony volt (kései, ötödik gyerekének fia vagyok), akinek vallásossága felvidéki nagyanyja hatásából fakadt. Annyi különbséggel, hogy nagyanyám a kassai nagytemplomba járt az ő nagyanyjával és ő nem szökött meg a templomból, ahogyan ezt én tettem.

Pici gyerekként – hat-nyolc évesen – engem is magával vitt vallásos útja helyszínére a monori templomba, hogy bevezessen a „jóember" útjára, de sajnos, vagy nem sajnos, nem sikerült neki. Amikor ugyanis kinyílt az értelmem, kérdeztem tőle. Mégpedig azt, hogy ha az Istenke a Teremtő, akkor a teremtő erő hogyan lehet az a Szentháromság által, ami az Atya–Fiú–Szentlélek?

Hol marad az Anya a teremtésből?

Már nem emlékszem pontosan a válaszra, csak azt tudom, hogy többet nem mentem vele, mert hazugnak tartottam. Nem őt, hanem azt a választ, amit a pap beszédei után magáénak vallott.

A papokhoz, a templomhoz, mint intézmény rendszerhez, értsd magához a valláshoz való (v)iszonyomat egy életre meghatározta ez a gyerekkori élmény.

7

Elfordultam a vallástól, elfordultam ezáltal magától Istentől is, de drága Öreganyám élete végéig maga volt a földi Isten számomra.

Szeretett öreganyám még a 19. században, 1892-ben született. Mikorra én öntudatra ébredtem, nagyjából már hetvenéves volt, és számomra örökre annyi is maradt. képviselte az állandóságot. Végigélt két világháborút, az ötvenhatos eseményeket. Eltemette szüleit, férjét, öt közül az egyik gyermekét. Fiatalasszonyként élte át az első világháborút lezáró trianoni békediktátum borzalmait. Rengeteg mesélt nekem esténként azokról a szívszaggató időkről.

Elmesélte, hogy az utcájuk teljes népe hogy hallgatta együtt szívszorongva a falujuk főterére kifüggesztett rádiót, és hogy zokogtak egymás nyakába borulva ismerősök és ismeretlenek a megrázó hírek hallatán. Mintha a testüket, lelküket szaggatták volna szét. Mintha a szívüket tépték volna ki egy-egy terület elcsatolásának

Azt mondta, hogy olyan érzés volt nekik, mintha a fizikai világban a kezüket, lábukat csavarták volna ki a helyükről, és azzal verték volna agyon őket. Pedig valamennyien tudták, hogy sem Pozsony, sem Kassa, sem Arad, Nagyvárad és Kolozsvár, sem Eszék és Újvidék, de Munkács és Ungvár sem kerül egy méterrel sem messzebb, mint eddig volt, és a lakóik is – legalábbis akkor azt hitték – ugyanazok lesznek, mint addig, mégis odalett az egység.

Odalett Nagyasszonyunk országa, ahogy ő mondta.

Nem feküdt úgy le életének egyetlenegy estéjén sem, hogy ne könyörgött volna a határon túl ragadt magyar testvérei jobb sorsáért.

Mámogó – ahogyan és hívtam őt – apja felvidéki születésű volt. Születése alapján így félig nagyanyám is az volt, így Felvidék elcsatolása örökké tartó lelki sérülést okozott számára.

Soha nem gyűlölködött senkivel, de egy cseh illetőségű, Benes nevű ember nevét, aki szerinte egy szító volt, csak szitokszóként tudta emlegetni.

A szító szó valódi megértéséhez, szóhasználatának értelmezéséhez évtizedekre volt szükségem.

Ez lett a következtetésem:

Nem minden zsidó szító, de minden szító zsidó.

A magyar nép Pilátusa Benes.

Így mondta.

A magyar nép sorsát ugyanaz a náció teljesítette be, mint Krisztusét.

Így mondta.

Sokat, rengeteget mesélt nekem erről a párhuzamról. Tényszerűen, gyűlölködés nélkül. A tettesek iránt mélységes undort, megvetést és – figyelem! – szánalmat érzett. Azt mondta, hogy fogalma nincs ennek a kalmár népnek, hogy mit követtek el Krisztus népe ellen. Egyszer ennek megiszszák a levét és az igazság győzedelmeskedni fog. Hozzátette: *Én már nem érem meg, kisfiam, de te még igen.*

Így mondta.

Azóta utánaolvastam ennek a Benes nevű illetőnek a ténykedésének, és megértettem nagyanyám iránta érzett ellenszenvét.

A „benes" szó öreganyám szótárában a szellemi világ iránt érzett tiszteletlenség, az istentelenség, a gyengébbeknek hitt iránti kíméletlenség és az aljasság szinonimája volt.

Aki nála kiérdemelte a „benes" jelzőt, annak illett volna szégyenében világgá kóborolnia.

Férje, a nagyapám – Öreganyám elmondása alapján a Kárpát-medencébe hazatérő Árpád időszakáig tudta eredeztetni magyar őseit – majdnem három évet töltött orosz hadifogságban. 1948 februárjában éppen hazafelé tartott a zsúfolt vonat lépcsőjén utazva, amikor a szembejövő tehervonat rosszul rögzített rakománya, szinte otthona határában, ötödmagával a halálba sodorta.

Az élet tartogatott még számára további megpróbáltatásokat.

Nem volt elég neki az '56-os események izgalma, a következő évben sem maradt el Isten csapása.

Megszülettem, és szüleim döntése, válása következtében, akarva-akaratlanul, öregségére megnyert magának. Tízéves koromig napi szinten boldogítottam. Nullától huszonnégyig. Az-

9

tán Pestre költöztünk anyámmal. Törékeny alkatára rácáfolva erős, kemény, a fizikai munkától vissza nem riadó, dolgos asszony volt világ életében. Felásta a kertet, becsülettel gondozta azt, állatokat nevelt, tartott, teknőben mosott.

Na persze könnyű volt neki, folyamatosan edzésben tartottam, nem kevés energiáját raboltam el „önálló" gondolkodásom, életvitelem miatt.

A végletekig önellátó életet élt, nem kért segítséget soha senkitől. Soha nem volt beteg, azt sem tudta, merre lakik az orvos. Kórházba akkor került, amikor visszavonhatatlanul szükség volt rá. A budai MÁV kórházban feküdt, ott látogattam őt – akkor már Pesten élő majdnem felnőttként – nap, mint nap.

Azt mondta nekem egyik látogatásom alkalmával:
– Kisfiam, ha a Mi Urunk kinyújtja feléd a kezét, fogadd el. Ne lökd el magadtól. Szüksége van Rád, és neked is Rá.

Rám nézett, még nagybetegen is kristálytiszta tekintetével. Erőtlenül, gyengéden elmosolyodott, majd lecsukta szemét. Kicsordult a könnye. Elfordult fejével, hogy ne lássam. Láttam, hogy fáradt. Megsimogattam, arcomhoz szorítottam paplanon kívül tartott, világéletében dolgos, ránc hátán ráncos, csontos, görbe ujjú kezét.

Hagytam aludni.

Megkaptam azt az isteni kegyelmet, hogy nem éreztem meg, hogy utoljára simogathattam meg.

Ott helyben szakadt volna meg a szívem.

Imádott Öreganyám kilencvenkét éves korában elhagyott.

Azon az éjszakán elment az állandóság, elment a biztonság.

Elment a gondoskodás.

Elment az önzetlen, odaadó szeretet.

Elment a számomra hetvenévesen megismert és örökké hetvenévesnek megmaradt Öreganyám.

Az angyalok kara érkezésére örömünnepet tartott a mennyben.

– Sokáig voltál, Herminka – fogták őt karikába, kisgyerekek örömével körbe-körbe táncolva, énekelve.

– Sok volt a dolog odalent – mosolygott vissza rájuk.

II. FEJEZET

A vallás (nekem akkor mind egyre ment, felekezeti hovatartozás nélkül) egy ostoba hiedelem, egy semmire valló butaság volt, így is álltam hozzá.

Az anyaghoz, az anyagi világhoz kötődő Öreganyám utáni „vallásom" olyan bigott, sziklaszilárd alapokon nyugodott, hogy még a barátom templomi esküvőjén sem voltam hajlandó – mint esküvői tanú – a látszat kedvéért sem térdre ereszkedni a pap előtt.

Volt is botrány belőle rendesen, amikor a százas nagyságú vendégsereglet közül csak és kizárólag a vőlegény tanúja állt feszesen a meghitt pillanatokban.

Mentségemre legyen mondva, én szóltam előre, hogy ekképpen fogok cselekedni.

Félreértés ne essék: nem vagyok büszke rá. A béke, a nyugalom, a látszat kedvéért megtehettem volna, hogy letérdelek. Akkori énem, jó adagnyi kivagyiságom azonban meggátolta. Végül is akkor az voltam én, akkor sem tagadtam meg önmagam.

Évek hosszú sora telt el, mire visszataláltam a Kezdetekhez, vagyis a lélek által kijelölt útra, ami persze – mint azt ma már tudom – nagyon hosszú, átlagos földi értelemmel beláthatatlanul hosszú.

Az odavezető út egyik lépcsőfoka nem minden naposra sikeredett.

Augusztus eleje, nyáreste volt. Villanyoltás után feküdtem az ágyban, elaludni készültem. Egyszer csak hallani véltem a fejemben egy hangot, ami így szólt hozzám:

„Kezdj el imádkozni, Istennek szüksége van rád!"

Jó! Persze! Hát hogyne! Most azonnal, vagy ráérek egy kicsit később is?

11

Elhessegettem ezt a sehonnan jött, az akkori énem számára méltatlan gondolatot, és elaludtam. Másnap este ugyanez. Harmadnap is, negyednap is, és egész héten. Aztán a következő héten, és az azt követőn is. Minden nap minden estéjén, elalvás előtt. Egyre jobban kezdett zavarni. Már megfogant bennem a gondolat, hogy elmegyek valami agykurkászhoz, húzza már ki azt a szöget, amit valami félkegyelmű beleütött a fejembe. Napközben is számtalan esetben eszembe jutott az esti műsor. Próbáltam magyarázatot találni az érthetetlen jelenségre, miközben az egyik munkahelyről – építési vállalkozó voltam – rohantam a másikra.

Azon a „bizonyos" estén iszonyatos augusztusi hőség volt. Az egyébként remek klímájú, Duna-parti, nádfedeles házikónkban még este 10 óra környékén is szinte elviselhetetlen meleg uralkodott, a szellő sem lebbent. Egy szál szende mosolyban, a takarómon fekve próbáltam elaludni.

Hamar-hamar, mielőtt jön a HANG – gondoltam.

Nem voltam elég gyors. Jött. Neki nem kellett óra, pontosan elalvás előtt, menetrendszerűen érkezett. Neki, úgy látszik, nem volt melege, nem gátolta őt a közlekedésben.

„Kezdj el imádkozni, Istennek szüksége van rád!" – „hallatszott" az immár jól ismert szózat.

Hirtelen bevillant egy régi, már majd' a feledés homályába veszett fájó emlék. Öreganyám jóságos arca, és az utolsó, hozzám intézett mondata. Manapság már tudom, hogy a legfontosabbja.

„Ha a Mi Urunk megtalál, ne utasítsd vissza". (Csak zárójelben jegyzem meg, hogy mindig különbséget tett a Mi Urunk és a Szítók Vezére – így mondta – között)

Valószínűleg akkor ezen mondat hatására fura dolog történt velem: „szóba" álltam saját magammal.

– Figyelj, haver – szólítottam meg – (biztos a melegtől megbuggyant az agyam, volt a párhuzamos síkon futó gondolat) –, nem tudom, mi vagy, ki vagy. Nem tudom, mit akarsz, de hidd el, nem én vagyok az embered. Hagyj engem békén, és eredj utadra!

„Kezdj el imádkozni, az Istennek szüksége van rád!" – volt a reakció.

– Na, így nem jutunk előrébb. Nem hiszek benned, nem érted? Mást akartál te megszólítani, nem engem! Menj el! „Kezdj el imádkozni, a Mi Urunknak szüksége van rád!" – Elakadt a lemez, öcsi, vagy mi? De tudod mit? – folytatódott a hangtalan párbeszéd, bár a HANG először használta a Mi Urunk kifejezést, és úgy tűnt, ez volt az, ami valójában hatott a tudat alatti mezőre. – Ha valóban létezel, adj számomra elfogadható bizonyítékot, valami bizonyosságot, hogy nem csak megfolyósodott az agyam, hanem létezel. Megegyeztünk?

Nagyon büszke voltam magamra, hogy ezt a kérdést ilyen ügyesen lezártam, és csapdába csaltam az „illetőt".

A következő pillanatban történtek azonban meghatározták életem hátralévő részének tartalmát, minőségét, szemléletét.

Egy határozottan érezhető kézmozdulattal valaki végigsimított a jobb combomon, egészen a térdem alatti részig. Nem lágy fuvallat-szerűen, alig érezhető, valamivel összetéveszthető módon, nem. Megsimogatott! Azonnal felpattant az addig csukott szemem és oldalra néztem. A feleségem békésen aludt mellettem, és természetesen senki nem volt rajtunk kívül a szobában.

Kis híján a napközben elfogyasztott táplálék, természetes úton ugyan, de a szokásostól eltérő módon, rendhagyó sebességgel távozott tőlem. Nem szépítem, majd' magam alá piszkítottam ijedtemben. A fullasztó meleg ellenére a fülemig húztam magamra azt a takarót, amin addig rajta feküdtem. Ki sem mertem pillantani alóla. Vártam, mikor jönnek értem a bubusok, vagy gyerekkorom világának egyéb rettegett szörnyei. Nem jöttek. Biztosan tudom, mert egész éjszaka szemhunyást sem aludtam, lesben álltam hajnalig.

Másnap este villanyoltás után nem vártam meg, hogy további atrocitások érjenek. Elkezdtem kutakodni elmémben, hogy rátaláljak arra az időszakra, amikor nagymamámmal esténként, lefekvés előtt kötelezően el kellett mormolnom vele a Miatyánkot. A 25 évvel ezelőtti tudásanyag nem veszett el. Harmadik vagy negyedik estére már úgy ment, mintha világéletemben reggeltől estig csak ezt fújtam volna. Akár le is diplomázhattam volna belőle.

III. FEJEZET

Lassanként a kezem ügyébe – többnyire „véletlenül" – kerülő spirituális tartalmú, ezoterikus irodalom, és persze elsősorban a fizikai lényemet ért sokkoló élmény hatására kezdtem elfogadni, hogy nem csak az öt, emberi érzékszervünkkel felfogható világ létezik.

Megtanultam elfogadni. Megtanultam nyitottabbá válni a nem kézzel fogható dolgok iránt, míg végül nem csak elfogadtam, hanem komolyan hittem benne addig, amíg aztán tudássá nem nemesedett.

Ma már azt mondom, nem hiszek Istenben és a túlvilág létezésében, hanem TUDOM, hogy van.

A hit és a tudás között alapvető különbség a tapasztalat. Ennek felsőbb szintje a tapasztalat és tapasztalat közötti minőségi megkülönböztetés képessége.

Miért? Azért, mert lehet valakinek képessége a „túlról" hallani és/vagy látni is, de nagyon nem mindegy, hogy felismerjük-e, a forrás hiteles, jó szándékú, vagy simán csak „etet". Sok embernek vannak képességei, de sajnos a legtöbbjük simán beveszi az onnan származó bármiféle információt, csak azért, mert a „túlról" jött. És ez elég nekik. Így aztán megjelennek az „" kapitányok, plejádiak, szíriusziak, és és társaik csapatostól. És ők közvetítenek. Tényleg. Azt nem vonom kétségbe, hogy a hallott látott élményük valódi, azt viszont igen, hogy ténylegesen hiteles. Melyik közvetítő üzenete vált már valóra, vagy csak közelítette meg a megtörténteket?

Az én tapasztalatom szerint csak azok a sugallatok – nevezzük így – állják meg a helyüket, amelyek valamilyen formában megerősítést nyernek, és meg is jelennek valami úton a fizikai világban.

Az elsőről beszámoltam. A Hang után rögtön éreztem a fizikai érintést, melynek nyomát érzet szintjén magamon viselem azóta is. A combom el van zsibbadva azon a helyen idestova harminc éve.

A másik jelentős esemény az Úton, ismertebb nevén az El Camino-n ért. A Hang itt is megnyilvánult, és itt is azonnal megerősítést nyert a fizikai térben.

A dél körüli órák egyikében, a már addig jól bevált szokásom szerint, egy órácskára pihenősre szerettem volna venni a figurát. A delelő eltöltésére alkalmas helyre vadászva a gyalogút mellett elterülő, zöldellő rétre lettem figyelmes. A korábbi esőzések hatására a fű térdmagasság fölöttire növekedett. Először azt hittem, hogy egy ereje teljében lévő búzatábla. De amikor közelebb értem, már látszódott, hogy a boldogabb, napsütötte békeidőkben pihenőparknak használták, de most úgy tűnt, nem akadt tettre kész vállalkozó, aki lenyírta, lekaszálta volna a füvet. A rét közepén, jó messzire az úttól, három üres pad árválkodott. Odaballagtam az egyikhez. Pont úgy emelgettem a lábam, jó öleseket lépkedve, mint gólya a réten. Tettem mindezt abban a reményben, hogy majd ezeknek az idétlen mozdulatoknak köszönhetően talán kevésbé leszek vizes. A vizesedésből ugyanis az addigi napok esőzése kapcsán bőségesen elegem volt.

Amikor odaértem a padokhoz láttam, hogy egy méteres körzetben le van betonozva körülötte, így teljesen latyakmentes helyre tudtam letelepedni. A hátizsákomat magam mellé tettem a száraz, szilárd talajra, én meg leültem a padra. Egyedül voltam. Épelméjű embernek sem közel, sem távol nem volt dolga abban a nyálkás dzsindzsásban.

A déli nap pontosan szemből sütött. Jóleső érzéssel fordítottam fejem a világosság erejébe. Ritka kincsként élveztem a langymeleget.

Nagy levegőt vettem.

„Beszívom az éltető energiát, kifújom a rosszat, beszívom az éltető energiát, kifújom a rosszat" – kántáltam magamban.

Kényelmesen hátradőltem, nekitámaszkodtam a pad támlájának. Igyekeztem egyenesen tartani a gerincemet. Szétterpesztettem a lábaimat kényelmesen, és az ölembe ejtettem a kezeimet.

A mindentől távol lévő pad kezdett a béke szigetévé válni. Két tyúkocskát hallottam messziről, ahogy egymásnak büszkélkedtek, hogy milyen szép, nagy tojást tojtak éppen.

15

Felesleges, buta asszonybeszéd, torkolta le őket éktelen kukorékolással férjük, a szemétdomb ura. Egyszerre csak tényleg valódi zaj nélküli világ lett körülöttem.

A távoli országút forgalmától odahallatszó, monoton kerékabroncs-surrogás még kontrasztosabbá tette a csendet. A lágy, langyos szellő a hosszúra nőtt fűszálakból füllel szinte alig hallható muzsikát csalt elő.

Az idilli, békés állapotot a lábamnál alig-alig, szinte csak érzés szinten észlelhető neszezés zavarta meg. Ki akartam nyitni a szememet, hogy megnézzem, mi az, ami zavarni merészel önként választott magányomban, de még mielőtt a gondolat életre kelt volna, több mint 15 év hallgatás után megszólalt bennem a HANG!

„Ne nyisd ki a szemed, maradj bennem, bízz bennem!"

Meg sem lepődtem. Csukva hagytam a szemem.

„Koncentrálj a szívedre!" – jött a következő instrukció.

Úgy tettem.

Csend volt, nyugalom és béke. Nagyon-nagyon csend, nagyon-nagyon nyugalom, és nagyon-nagyon béke.

Nem tudom, mennyi idő telhetett el. Egyszer csak a távoli országútról egy kamion hajókürtszerű dudahangja vetett véget ennek a csodálatos lét-nemlét állapotnak.

Anélkül, hogy akár a kisujjamat is megmozdítottam volna, kinyitottam a szememet. Legnagyobb megrökönyödésemre – egyben nem kis meglepetésemre – egy kapitális méretű eb feküdt a terpeszben lévő lábaim között. Akkora volt, mint egy kisebb borjú. Olyan testtartásban feküdt, ahogyan a szfinx látható a piramisok előtt Egyiptomban. Nagy, busa, zsemleszínű koponyája az én fejemmel egy irányba nézett, vagyis nem látott engem. Testének hátsó része belógott a lábam közé a pad alá is. Szinte érintette a lábaimat a testével, de mégsem. Egy másodperc sem telt el, hogy kinyitottam a szemem, a kutya lomhán felállt, és anélkül, hogy egy pillantást vetett volna felém elindult – szó szerint – az orra után.

Elképedve, az értelem halvány szikrájának legkisebb megnyilvánulása nélkül néztem utána, ahogy békésen, egykedvűen elvánszorgott. Nagy testével széles ösvényt vágva vonszolta magát a magas fűben. Mint a reumás csiga, cammogott ismeretlen célja felé. Pont úgy viselkedett, mint akinek tele van a hócipője mindennel, és neki egyébként sincs kedve semmihez.

Mint akinek a világ legfinomabb velős csontját kellett valamiért otthagyni, és tudja, hogy mire visszaér, a szomszéd kis mitugrász korcs már tutira lenyúlta. A lábait szinte nem is emelte, hanem vontatta a fűben. Ezáltal olyan nyomot hagyott, mint amikor Árpád apánk vonult be magyarjaival Kárpát-hazába lovasaival, ökrös szekereivel.

Balra néztem, amerről én jöttem a padhoz, és feltűnt, menynyivel másabb nyomot hagytam én a gólyalábú bakkecske-szökelléseimmel, mint az az őszi mélyszántásra hasonlító, szélessávú ösvény, amit a zsemleszínű látogatóm húzott maga után a friss zöldellő fűben.

Ekkor felugrottam, mint akit rajzszögbe ültettek, és megpördültem a tengelyem körül. Ezzel egyidőben végigpásztáztam szememmel a padot körülölelő, lágyan ringó zöld tengert. Ezt követően mint a rongybaba, visszaroskadtam és megüvegesedett szemekkel, igen-igen bután bámultam az egyre távolodó, lustán vánszorgó jelenség után.

A padhoz nem vezetett semmiféle nyom, csak az én idétlen, szökkenős talplenyomatom és a négylábú által frissiben, elfelé húzott vájat volt látható.

Ki tudja, meddig ücsörögtem ott teljesen értetlenül. Gondolkodtam, vagy legalábbis próbálkoztam, ami csak tőlem kitellett az eseményeket követően. Nem volt egyszerű dolog akár egy egészen kicsinyke értelmet kifacsarni magamból. De mit tehettem? Észbeli képességeimet illetően csak hozott anyagból dolgozhattam. Egy sor kérdésre kerestem a választ.

A HANGOT fel tudtam fogni. Vele már volt korábban dolgom. De minek jött ez a kutya? Honnét jött? Mi késztette, hogy odafeküdjön a lábaimhoz? A lábaimhoz? Betolatott a lábaim közé! Észrevétlenül! És ott volt attól a pillanattól, amikortól meditálni kezdtem, addig a pillanatig – és csak addig –, amíg azt befejeztem! Mintha csak őrizte volna a nyugalmamat.

De miért tette?

És ha már megtette, honnét tudta, hogy vége a melónak?

Honnét tudta, hogy befejeztem a meditációt?

Fizikálisan nem érzékelhette, mert úgy tudom, hogy a legújabb kutatások – a brit tudósok – eredménye szerint a szemhéj felemelése az univerzum egyik leghalkabb tevékenységeinek egyike. A kutya látni nem láthatta, hogy kinyitottam a szemem, mert a másik irányba nézett.

Égyáltalán, hogy jött oda, amikor semmilyen nyom nem utalt jövetelére? Előtte se híre, se hamva nem volt. A magas fűben csak az én jól megismerhető nyomaim és a kutya szemem láttára letaposott dúlása volt látható.

És, és, és... kérdőjel, kérdőjel, kérdőjel.

Aztán egy jó idő múlva abban maradtam magammal, hogy ezekre a kérdésekre a választ nem az értelem világában kell keresni. A „minek érkezett a kutya?" kérdésre sincs válasz, a „hogyan"-ra meg különösen. Az egész egyszerűen rejtély. Nyilván nem barátkozni jött, mert akkor maradt volna.

Újra átgondoltam az egész eltelt egy órát, attól a pillanattól, hogy elhatároztam, letérek a gyalogoscsapásról.

Arra a következtetésre jutottam, hogy még az én bakkecske ugrabugrálásom is egy megkomponált dolog volt, tudtomon kívül. Pont azért, hogy véletlenül se gondoljam, hogy a kutya az én nyomomat követve került a padomhoz.   Az elkövetkező egy-két nap a kutya-kaland révületében tellett. Naphosszat elmerengtem gyaloglás közben a történteken.

Arra jutottam magamban, és akkorra bizonyossá is vált számomra, hogy van bennem valaki, aki egy teljesen önálló identitással bír, aki én is vagyok, meg nem is. (Egy biztos, parancsolgatni, azt profi módon, egy igazi építőiparos górét kenterbe vágó módon tud).

A kutya egyértelműen parancsra érkezett. Az ő megjelenése nélkül az egész meditáció nem lett volna több egy jóleső, mély érzésnél.

A kutya megjelenése okán szólt hozzám a HANG, hogy maradjak nyugton és bízzak benne. A kutya nem odacsörtetett hozzám, hanem valami Isten tudja miféle technikával érkezett. Éppen csak annyira ért hozzám, hogy érzékeljem – legyen oka a HANG-nak hozzám szólni –, de ne rémüljek meg egy durva megnyilvánulástól.

Ha az a nyolcvan kiló körüli állat teljes mivoltával rátehénkedett volna a lábamra, nem hiszem, hogy képes lettem volna a HANG tanácsára hallgatni, és becsukott szemmel továbbra is nyugodtan ücsörögni. A valak a kutyán keresztül nyilvánult meg. Így lett számomra az a meditáció maradandó élmény, és vált az anyagi világon túlmutató létezés tényévé, személyiségem beégetett valóságává. Erre utaltam a leírt esemény elején, amikor a hang által érzékelt túlvilág földi leképezése a fizikai szinten is megnyilvánul. A kettő együtt már nem hit vagy érzéki csalódás, hanem bizonyosság, vagyis tudás.

Tudok erre másik megvalósult példával is előállni. Megtapasztaltam, hogy jelen világunk, bár maga a kézzel fogható valóság, korántsem a teljes egész. Ez az esemény időben megelőzte minden spirituális élményemet, de fura módon csak majd' két évtized eltelte után hatott.

IV. FEJEZET

A kilencvenes évek közepe táján az addig sosem látogatott, manapság Romániának nevezett ősi magyar területre kezdtem sűrűn átjárni, üzleti ügyletek céljából. Idehaza sikerrel szereztem a hazai olajtársaság részére üzemanyagtöltő állomás építésére alkalmas telkeket. Az itteni, e speciális területű ingatlanpiac beszűkülése, telítődése után megpróbálkoztam a szomszéd ország lehetőségeinek felderítésével, több-kevesebb sikerrel.

Odaát rengeteg új ismerősre tettem szert – érthető és praktikus okokból elsősorban az ott élő székelyek és magyarok körében. Tőlük tanultam meg, hogy minden székely magyar, de nem minden magyar székely. Velük jártam az országot, amelyben éltek, hasznosítható, egyben értékesíthető területekre vadászva.

Már vagy egy esztendeje jártam keresztül-kasul főleg az erdélyi részeket, amikor megismertettek egy emberrel, akiről az a hír járta, hogy éveket töltött el egy a hegyekben magányosan visszavonultan élő sámánnal, akit Wass Albert könyveiben is tisztelettel emlegetnek.

Nagyon nem érdekelt a dolog, mert a szelleminek mondott világ ez idő tájt számomra még mindig ismeretlen volt. Megnéztem a sámántanonc figurát magamnak, de semminemű komolyabb érdeklődést nem keltett fel bennem személye. Szerénységem viszont komoly érdeklődést váltott ki belőle. Már-már kínosan sokat és hosszasan bámult rám. Zavart. Egy idő után – az üzleti megbeszélés kellős közepén – meg is kérdeztem:

– Már meg ne haragudjon, bátyámuram, de van-e valami engem is érintő oka, hogy ennyire behatóan vizsgálgat, mert már zavar.

A tarkómon belülről éreztem a pillantása erejét. Annyira, hogy a beszélgetés fonalát is időről időre elveszítettem, annyira éreztem érdeklődésének számomra egyáltalán nemkívánatos jelenlétét. Ezt a gondolatomat is megosztottam vele.

– Na, ez az, tudtam én! – mondta felém halk torokhangon.

– Mármint mit, ha szabad érdeklődnöm?

– Magát el köll vigyem az öreg Sámánhó'!

– Miért? Minek?

– Azé', mert magának dóga van ott.

– Van valami jó telke eladó, vagy mi?

– Hát azt nem hinném, mert az az embör ily e világi dolgokkal nem foglalkozik.

– Akkor mondja meg már, bátyámuram, mi a fenét keressek én ott.

– Mert azt mondják a föntiek, magát vinnöm köll.

Egész egyszerűen dühített az emberünk csökönyössége. Akkor csak az a világ létezett számomra, amit láttam, megfoghattam, esetleg meg is vásárolhattam. Azt az embertársamat, aki – nem ismervén engem – a szellemvilágról próbált velem eszmecserét folytatni, hamar elcsendesítettem egy lekicsinylő mosollyal, vagy „hagyjál már ezekkel a hülyeségekkel" felsőbbrendűnek hitt megnyilvánulással. Magamban pedig minden esetben megállapítottam, hogy mennyi megvezethető, naiv ember létezik ezen a földkerekségen, akik még hisznek a mesékben. Paradox módon magamban mindig hozzátettem, hogy mily' nagy az Isten állatkertje, csak egy baj van: hogy alacsony a kerítés. Gondolatban minden a szellemvilág létét tényként kezelő vagy abban hívő, utamba kerülő embertársamat többszörösen hátrányos helyzetű, szellemi toprongynak könyveltem el.

Amikor odaát, a határon túl jártam, igyekeztem minél többet belesűríteni a programjaimba. Mert hát ugye a hatékonyság, az nagy úr.

– Nézze, bátyám, az időm meglehetősen véges. Egy sor intézni valóm van, amikor ideát vagyok.

– Maga nem is tudja még, hogy az itteni időnk valójában mennyire is véges, milyen hamar lejár. Látom, hogy az e világon megszerezhető javak az elsődlegesek az életében, pedig higgye el, odaát, mármint odafönt odaát, nem maguknál, Magyarba', ezek a földi, semmirekellő dolgok semmit nem érnek.

– Nézze, én nem hiszek egyáltalán abban a világban, amiről maga beszél. Nem úgy nevelkedtem, nem ad nekem a hit semmi többletet.

- Nem is a vakhitről beszélek, nem arról a hitről, amikor az emberek beülnek a templomba, és a szépen beszélő prédikátornak elhiszik, hogy van Isten, és az jó vagy rossz hozzájuk. Én a tudásról beszélek, ami a hiten túlmutat. Arról beszélek, amikor megtapasztalja azt a másik világot az ember saját, evilági érzékszerveivel.

- Nézze, nekem ilyen élményem nem volt, és azt gondolom, nem is lesz.

- Maga téved. Kendet már több ízben megérintette a túlvilág szele.

- Fogalmam nincs, miről beszél!

- Nem baj, majd egyszer lesz, higgye el nekem! Szóval, örülnék, ha eljönne velem. A Sámánnak látnia kell magát!

- Milyen messze van?

- Egy nap oda, egy nap vissza.

- Az kizárt, ennyi időt képtelen vagyok rászánni.

- Mi az, ami hátráltatja?

- Hát, mire körbejárom azokat a városokat, ahol a kollégák megfelelőnek tartott telkeket találtak, elveszi az összes időmet.

- Hány telket találtak?

- Azt hiszem, tízet vagy tizenkettőt.

- Abból mindből benzinkút lesz?

- Á dehogy! Jó, ha egy, vagy jó esetben kettő alkalmas belőle.

- A többi az üresjárat, elpocsékolt idő?

- Sajnos úgy van, ahogy mondja.

- Na, akkor jöjjön el velem bátran. Én mutatok magának egy telket. Csak egyet, de az jó lesz arra, amire keresi. Nem lesz eltékozolt idő.

Így már kezdett érdekelni a dolog, ámbár elképzelni nem tudtam, mit talált bennem olyan érdekesnek, hogy el akar citálni engem a világ , ráadásul valami olyan emberhez, akinek a lénye egészen biztosan nem illik az általam megfogalmazott világrendbe.

Gondolatban – mint az igazi Harpagon – összedörzsöltem a tenyerem, mert mégis csak beígért egy benzinkútnak alkalmas telket.

Sámánt vizitelő utunk a következő látogatásom idejére szerveződött. Nem akartam az akkori ottlétemre megbeszélt időpontokat átszerveztetni.

Aradon vettem fel az egykori sámángyakornokot, és kettesben indultunk útnak.

Annyit kiderítettem róla, hogy Székelyországból származik, és láttam rajta, hogy elég zárkózott fajta, beszélgetni nem igazán fogunk. Hát persze, múltkor vagy tizenöt mondatot is mondott egymás után. Nyilván erre a hónapra ki is tellett gondolatainak szavakban megformázható mennyisége.

Azon kívül, hogy mutatta az utat – szó szerint értendő, csak az ujjával bökött egyet a helyes irányba –, nem szólt egy szót sem. Próbáltam én szóra bírni, főleg a telekkel kapcsolatos dolgok érdekeltek volna, de a fejével intett, hogy az utat lessem. Mondjuk, volt rajta mit figyelni, mert luk volt luk hátán, abban pedig egy gödör, sőt a gödörben még egy gödör. Borzalmas útviszonyok voltak az idő tájt arrafelé.

Útközben megálltunk, megmutatta a helyet, amit nekem szánt. Minden kívánalomnak megfelelt. Mondta, hogy akkor a többit bízzam rá. Tudja, milyen papírok szükségesek, én intézzem a vevői oldalt. Üzlet, pénzem lett belőle.

Késő délután, majdnem este értünk egy hegyi faluba, ideiglenes végállomásunkra. Azt mondta a sámán keze alá dolgozó kolléga, hogy itt alszunk, mert másnap még gyalogolnunk kell egy „jóízűt", ahogy fogalmazott.

Az útitársam ismerősénél, egy idős, egyedülálló néninél aludtunk. Tiszta lelkű, igazi magyarságtudattal megáldott, idős székely asszonyság volt a házigazdánk.

Iszonyat kínban éreztem magam, mert nem számítottam arra, hogy vendégként fogjuk álomra hajtani fejünket, így nem készültem semmi ajándékkal. Meg is osztottam ez irányú gondomat kalauzommal, aki megnyugtatott, hogy nincs erre szükség, bízzam az ő gondjaira magam.

Fogalmam sem volt, hogy kell azt csinálni. Amióta az eszemet tudtam, javarészt nem csak a saját, hanem mások, a munkatársaim gondjait is kezelnem kellett. Úgyhogy furdalt a lelkiismeret, pláne látva azt az egyszerű életet, amit a néni élt. Látszott, hogy a vacsorához mindent kitett az asztalra, ami a kamrában megtalálható volt. Körülbelül annyit, aminek a dupláját otthon vasárnaponként reggeli gyanánt egyedül szoktam megenni. Röstelkedve nyúltam nagy unszolásra az ételhez. Volt az asztalon kevéske juh- és tehéntúró, házi köpülésű vaj, vöröshagyma, egy csuporban kecsketej, és egy darabka otthoni, kemencében sült kenyér, egy kőedényben durva őrlésű só. Nehezemre esett hozzányúlni, pedig éhes voltam.

– Fiatalember, tanulja meg elfogadni, legyen az, bármi, amit jó szívvel adnak, mert csak az tud igazán, szeretettel adni másoknak, aki elfogadni is tud. Ne féljen hozzányúlni az ételhez, kevés van, de elég lesz. Higgye el, kedves, a Jóisten holnap is ád ugyanennyit, vagy annyit, amennyire szükségünk van. Nem azért teremtett bennünket az Urunk, hogy éhen veszejtsen. Mindnyájan az Egy kedvéért születtünk ide, és születünk újra, meg újra. Az kellene, hogy a célja legyen mindannyiunknak, hogy az Urunk megvalósíthassa Magát bennünk és általunk. Ezért kellene, hogy az Ő akarata legyen meg, „a Te akaratod legyen meg, Atyám". Nála nincs siker vagy kudarc, csak tapasztalás. Ha az Ő nevében, Érte cselekszik, nem tud rosszat tenni, az igaz lelkiismerete úgysem hagyja. Az dolgozik magában, a Teremtő nevében. Fogadja el aranyom, az Ő akaratát, higgye el, jobban jár, mintha a saját feje után menne. Engedje meg Neki, hogy az Ő felelőssége legyen, mivé válik magácska itt a Földön.

Micsoda szavak, melyek jelentőségét nem is értettem meg akkor igazán!

Lassan, nagyon lassan, kristálytiszta, ízes magyarsággal ejtette ki gyönyörűen megformázott szavait. Megbabonázva hallgattam, ittam minden szavát, pedig nem az akkori világomról beszélt. A néni egész lénye számomra valami megfoghatatlan őserőt, kifejezhetetlen szeretetet sugárzott. Drága Nagyanyámra emlékeztetett. Ahogy a néni szólt hozzám, ugyanaz a meleg szeretetérzet járta át egész lényemet, mint amikor Mámogóm örökre meggörbült ujjaival, ráncos, dolgos kezével megsimogatta kicsi gyerekként, és még később is, a fejemet.

A néni által elmondottak belsőm legmélyebb rejtekeiben hatottak rám. Mondatainak minden szava egyenként megérkezett a tudatomba, ott megült, és mintha láthatatlan, szorgos kezek rávésték volna egy márványtáblára, az agyamban minden szó megőrződött.

Vágtam magamnak egy szelet kenyeret. Megkentem vajjal, felszeleteltem egy hagymát a tányéromra. A társam és a néni is hasonlóan tettek. Szerencsére résen voltam és nem fogtam hozzá mohón a vacsorámnak, mert az asztaltársaim összekulcsolták a kezüket imára. Lecsukták a szemüket. Nem tudtam levenni a szemem róluk. Illetlenül megbámultam őket. Két olyan markáns arcú embert láttam magam előtt, akiken látszódott, hogy az életük java részét a napi rendszerességű, kemény, küzdelmes munka tette ki. A napbarnított, szél által kicserzett, mély ráncok által barázdált arcukon a természet minden eleme rajta hagyta végérvényes lenyomatát. Hófehér, dús hajkoronájuk a téli havas világ hangulatát idézte fel bennem.

Szemhéjuk békésen, rezdületlenül takarta el áthatóan tiszta tekintetüket. Orrlyukaik kitágultak, arcukon kisimultak a kisebb redők, álluk kissé leesett, ajkaik megnyíltak egy picinykét. Ábrázatuk alig észrevehetően megnyúlt. Megpihentek. Egy pillanatra lélegzetük is kimaradt. Láthatatlan, békés mosolyra húzódott szájuk íve. Mintha érkezett volna hozzájuk valaki, akit köszöntöttek. Akivel a belsőjükben találkoztak.

– Köszönjük, Uram, az esti ételt, mely a végtelen bőkezűségedből számunkra megadatott. Kérünk Téged, Uram, vedd magadhoz belőle, ami Téged illet! A maradékot hálával teli, tiszta, nyitott szívvel, elcsendesített elmével, boldogan elfogadjuk.

Egyszerűen, tisztán szóltak a néni szájából a szavak.

– Legyen áldott a Neved! – zárta le az imát Áron, az egykori sámántanonc.

Gyorsan lecsuktam a szemem és szégyenkeztem magamban, hogy kilestem meghitt pillanataikat.

– Fogjon hozzá, barátom!

Lassan, komótosan nekiláttam az ételnek. Igyekeztem minél lassabban enni, jól megrágni a falatokat, hogy időben a lehető legtovább kitartson; ha lehet, ne én végezzek elsőnek a tányéromra tett adagommal.

Mire kényelmesen megvacsoráztunk, attól a kevéske mennyiségtől olyan jóllaktam, hogy ha lett volna még az asztalon bőven, akkor sem tudtam volna már többet enni. A néni megmutatta az alvóhelyemet. A szoba valószínűleg a háznak sohasem, vagy legalábbis ritka alkalmakkor használt, úgynevezett tiszta szobája volt. Friss, tiszta, napszagú, érintetlen ágynemű, nagy, széles ágy. Egy méretes, kétajtós szekrény, egy asztalka, hozzávaló szék, mosdóállvány, benne egy lavór. Egyszerű berendezésű lakószoba, semmi fényűzés vagy felesleg. Az ablakon fehér lenvászonból volt a függöny. Mindennek olyan tisztaságillata volt, mintha csak azon a napon került volna minden közvetlenül a mosóból, a szárítókötélen és a vasalón keresztül a helyére. Így utólag belegondolva, valószínű így is volt.

Miután elvégeztem az esti tisztálkodási rituálét, lefeküdtem. Hanyatt az ágyon gondoltam át mindazt, ami velem történik. Tulajdonképpen mondhatom, hogy semmit nem értettem belőle. Mit keresek én itt? A világtól ilyen távoli helyen, olyan emberek között, akiktől az akkori gondolkodásom, életvitelem nagyon távol áll. Minek jöttem én ide? A világnak ezen a távoli pontján úgysem akar senki benzinkutat építeni. Tényleg, benzinkút. Milyen jó kis helyet talált ez a sámángyakornok! Elmerengtem a várható nyereség mértékén. Kitömött erszényről álmodozva, jó érzésekkel aludtam el.

Mindig korán kelő voltam, nem esett nehezemre a felkelés. De mégis, amikor valaki gyengéden megcsavarta kilógó lábujjamat, meglepődtem. Hiszen ebben a pillanatban aludtam el, gondoltam én. Hajnali négy óra volt, odakint koromsötétség. Aludtam majdnem hét órát. Az pedig több mint elegendő szokott lenni.

– Igyekeznünk kell. A Sámán napfelkeltétől révülni szokott magában két-három órahosszát. Nagyjából az idő tájt kell odaérnünk, ahogy végez. Nyolc-tíz kilométer az út felfelé. Induljunk.

Pillanatok alatt felöltöztem, menetre készen álltam.

– Ha odaérünk, és azt mondja a Sámán, hogy hallgasson, akkor hallgasson. Ha kérdezi, válaszoljon. Ha nem tud válaszolni, hallgasson. Csak azért ne beszéljen, hogy a gyomra hűljön.

Ezt úgy értelmeztem, hogy addig is kuss a nevem. Ha már most elmondta, mi a dolgom úgy három óra múlva, mi másra is gondolhattam volna.

Elindultunk. Harapni lehetett volna a friss, sűrű, hegyi levegőt. De régen voltam kirándulni! Jólesett a mozgás, nem esett nehezemre útitársam tempós lépteivel lépést tartani. A csend, a madárdal, a napsugarak fényjátékai, ahogy a lombozatban elő-előjöttek, majd ismét elbújtak, végtelen nyugalmat ébresztettek bennem. Egyetlen benzinkút leendő sziluettje sem zavarta meg a békés csendet gondolataimban. Mentünk, gyalogoltunk a hegynek fel, szótlanul. Férfias, egyenletes tempóban haladtunk az általam nem ismert célunk felé. A csodálatos napsütéses idő és a folyamatos emelkedő komoly mennyiségű vizet fakasztott belőlem. Izzadtam, mint a ló, ahogy mondani szokás.

– Látja azt a dombvonulatot? – szólalt meg vezetőm váratlanul, az indulásunk óta először.

– Azon a hegyláncon ott, ott húzódik az ezeréves határ.

– De jó lenne, ha megint ott húzódna, és megint magyar lenne ez a vidék! – szakadt ki belőlem a sóhajtás.

– Volt az a maguké, miért nem vigyáztak rá jobban?

Meghökkentem válaszán. Elgondolkodtam, mit lehet erre mondani. Semmi értelmes nem jutott eszembe, úgyhogy csendben maradtam. Ezekben a nem túl beszédes körökben úgysem számított szentségtörésnek, ha valaki nem használta mihaszna módon a száját. Egyébként is ő mondta, hogy feleslegesen ne hűtsem a gyomromat.

A hátralévő utunk ideje alatt azonban igencsak elgondolkodtam azon, hogy a világnak milyen emberi gonoszsága és igazságtalansága folyamán alakultak így a dolgok és az országokat elválasztó határok mai rendje. A szinte kötelezően csendes túra során feltolultak bennem azok az igaz, iskolában nem tanulható történelmi tanítások, mely tudással drága nagyanyám ajándékozott meg közös életünk során.

Megérkezhettünk valahova, mert megálltunk. Előttünk egy sziklás, gyér növényzetű, nem túl látványos hegyoldal meredezett. Az alattunk elterülő füves réten, az enyhén lejtő lankás rész közepe tájékán, egy lakóépületnek tűnő faház emelkedett.

A gyenge szellőben úgy lengedezett, hullámzott a dús, majd' térdig érő növényzet, mint ahogy az óceánok vize, szüntelenül fel és alá. A házikó közvetlen környezetében még két, egy nagyobb és egy még nagyobb, szerényebb külcsínnel megépített, szintén fából készült építmény állt. Az egyik az állatok téli szálláshelyéül, a másik a télre való szálas takarmány tárolására épült. Tágas, kerek formához közelítő mezőt fogott be szemünk. Alantabb, szinte félbe osztva a méretes legelőnyi síkságot, mint egy csillogó ezüst szalag, lassú folyású patakocska kanyargott tova, és nyelte el meg-megcsillanó, szikrázó tükrével gyenge kis medrét a távolabb lévő, végeláthatatlan és összefüggő, kékesen zöldellő fenyveserdő.

Szinte fájt a csend. A világnak olyan helyére vetett a sors, ahol egészen bizonyos volt számomra, hogy nem történik semmi. Lüktető, esetenként zajos életvitelhez szokott lényem elképzelni sem tudta, hogy egy ilyen helyen hogy lehet kibírni akár napokat is, nemhogy leélni egy életet.

– Igyon egy jót, mielőtt odaérünk! – és az orrom elé tartotta kulacsát, amit magával hozott.

– Köszönöm. – Meghúztam a kulacsot, amiben még mindig hidegen maradt a szállásadó nénike gyűrűskútjából felhúzott friss víz.

– Sivár egy élete lehet itt a Sámánnak – mondtam, miközben átadtam a kulacsot.

– Ne gondolja. Ámbár ami igaz, az igaz, neki már régóta csak az eső veri, na meg legfeljebb a nap szíjja – mondta ezt emberünk olyan hangsúllyal, mintha éppen csak arról tájékoztatott volna, hogy hétfő van.

Amikor felfogtam szavai értelmét, majd' beleestem a visszafojtott röhögés okozta rázkódtatástól a hátunk mögötti, tíz-húsz méter mély szakadékba. Tudtam, hogy van egy kis rendellenesség a fejében ennek a korosodó székely legénynek.

– Na, menjünk – utasított. – Úgy lám', végzett a reggeli dolgaival, mert nyitva az ajtó.

Elindultunk lefelé a lejtőn a pár perces úton. Takaros, ügyesen összeácsolt házikó előtt álltunk meg.

– Maradjon itt, mindjárt jövök!

Örültem, hogy egyedül maradhattam, mert előtört belőlem az építész. Próbáltam megfejteni a faház összeszerelésének titkát, de sehogyan sem jöttem rá, hogy az általam nem ismert, számomra teljesen érthetetlen kötési csomópontokat miféle rafinériával oldották meg. A faház szerkezetének rögzítéséhez – mint később megtudtam – egyetlenegy, fémből készült kötőelemet nem alkalmaztak. Nem volt benne egyetlen egy darab szög, csavar vagy ácskapocs sem. Ráadásul minden egyes gerenda fura módon úgy kapcsolódott egymáshoz, és a sarkoknál megint még egy harmadikhoz, és még a tetőszerkezeti gerendához is negyediknek, hogy nem tudtam kibogozni a logikáját. Az egyszerű építész agya ezt feltételezte: ahhoz, hogy a következő tartóelem megálljon a helyén, ahhoz az előzőnek már ott kellett lennie. Ennek az elképzelésemnek ugyanakkor ellentmondott a gerendák egymáshoz való csapolásainak és illesztéseinek a megoldása. Olyasmi volt a szerkezete, mint azé a gyerekeknek készült játéké, amit apró, furcsa formájú darabokra lehet szétszedni, de csak egyféleképpen, csavaros ésszel, ötletes módon lehet összerakni, mondjuk kockává vagy piramis alakká.

Nem volt már időm tudatlanságomon tovább bosszantani magam, melyet a műszaki megoldás megfejtésének hiánya okozott, mert intett az emberem, hogy menjek.

Beléptem az ajtón. Le kellett hajtanom a fejem, nehogy beverjem a szemöldökfába. Az volt az érzésem, hogy az alacsony ajtónak ugyanaz az oka, mint egyes régi kegyhelyeké: hogy az emberek a templomba történő belépéskor véletlenül se felejtsék el az elvárandó tisztességet. Kötelezően fejet kell hajtani.

Mögöttem halkan betette maga után az ajtót útitársam, a derék jó Áron, a sámánsegéd.

– Hozta Isten, fiatalember – hallottam egy nagyon kellemes, kissé recsegő, mégis bársonyos, nagyon mély orgánumú hangot az ajtó becsukása után, a jótékony félhomályba boruló helyiség belsejéből.

A hang gazdáját nem láttam, csak a sziluettjét, mert a kinti dübörgő fényerősség után még csak szokta a szemem a ház belsejében settenkedő félhomályt.

– Foglaljon helyet!

Körbenéztem, hogyan tudnék eleget tenni a szívélyes felszólításnak. Tőlem balra láttam három egyforma, böhöm nagy karosszéket. Ránézésre is volt darabja vagy egy mázsa. Egyértelmű volt számomra, hogy ugyanaz a kéz ácsolta, mint az egész házat. Az egyik a három közül sarokra volt állítva, de úgy, hogy igazából nem is volt sarok. A szék háta mögötti rész a támla szélességében le volt csapva, padlótól mennyezetig. Nem volt a szék mögött üres rész. Jobbra és balra is volt egy-egy ülőalkalmatosság. Beültem a nem létező sarokba, vagyis a három székből a középsőbe. Az mindjárt feltűnt, hogy valamennyi sarkot ezzel a ferde beépítési móddal lezárták, leválasztották. Derékszögben záródó élek nem voltak a szobában. A saroktalanítás miértjére később feltett kérdésemre azt a választ kaptam, hogy energetikai okai vannak. A pozitív erők nem rekednek meg a sarkokban. Mintha lóval kártyáztam volna, annyit értettem belőle. Nem feszegettem tovább a lakberendezési kérdéseket. Ma már bánom. Az ősi magyar energetikai lakberendezés egy tudomány. Tantárgynak kellene lennie. Alaptantárgynak.

A karosszéket jó vastag báránybőrrel takarták le, akkorával, hogy az ülőkét és a támláját is befedte. Nagyon komfortos érzet volt a báránybőrön ücsörögni. Számomra meglepő módon egyáltalán nem izzadtam bele egész ottlétem ideje alatt. Az ülőalkalmatosság méretezése tökéletesre sikerült. Az ülőkéje hossza megegyezett a combom hosszúságával, a támla dőlése pedig nagyon kényelmes szögbe lett beállítva. A függőlegestől eltért, hogy ne érezze az ember, hogy karót nyelt, mikor beeült, de éppen csak annyira, hogy a kialakult ferdeség által felkínált kényelmes tartás miatt ne akarjon a test beletespedni. A könyöklők magassága éppen megfelelő volt méreteimhez, pazar támaszt nyújtott alkarjaimnak.

– A legmélyebb tiszteletem – köszöntöttem a házigazdát, reméltem, hogy illendően.

– Hogy utaztak? – kezdte a beszélgetést vendéglátónk.

– Ha csak a gyalogos részét vesszük, akkor csodálatosan, ha a tegnapi országutat is hozzászámítjuk, akkor már egy kicsit árnyaltabb a kép.

– Mi újság odaát?

– Változnak a dolgok.

– És jó vagy rossz irányba?

– Kinek így, kinek úgy.

– Azt mondta ez az Áron legény, hogy nézzem meg magát. Tudja-e, hogy miért?

– Az okát még csak nem is sejtem, de nagyon elszántan hadakozott velem, hogy eljöjjek.

– Hiszi Istent?

– Nem. – Furcsa módon, magamnak is meglepetést okozva, szégyenkezve lesütöttem a fejem a válaszom miatt.

– Sose szégyellje, nem is hinni kell benne, hanem tudni, hogy van.

– Akkor pláne nagy a hiba – dünnyögtem, majdnem csak magamnak.

– Mindennek eljön az ideje. Ha nem most, akkor majd pár száz év múlva.

Kezdtem elveszíteni a fonalat.

– Pár száz év múlva? Hol leszek én már akkorra? – buggyant ki belőlem az érdeklődő kíváncsiság.

– Ha rosszul csinálja a dolgait, akkor itt, a Földön. Csak akkor majd magát másképp hívják, mint most. Ha jól, akkor ennél jobb helyen.

Egy szavát sem értettem, pedig a legtisztábban érthető, csodaszép hangzással hagyta el száját minden egyes szava. A kérdésemből is az értetlenség tükröződött.

– Mit kell még ahhoz tenni, mennyit kell még ahhoz dolgozni, hogy jobb helyre kerüljön az ember? Ámbár igazából nincs ezzel itt bajom. Csak szerintem egy kicsit macerásabb, munkásabb a megélhetés a kelleténél.

– Ha még többet akar tenni a megfelelő irányítás nélkül, mint amennyit eddig tett, egyre csak rosszabb lesz a helyzete.

– Nem kell engem irányítani, megvagyok én nélküle gyerekkorom óta – böktem oda némi akaratlan pökhendiséggel.

– Látja, ez a baj majd' minden emberrel. Mind a buta feje és az abban lakozó ostoba értelme után megy, és halmozza magának egész életében a problémát probléma hátára.

Kezdtem megsértődni.

– Úgy gondolja, hogy hülye vagyok, és nem tudom elkormányozni az életem? – Egy kicsit élesebb hanglejtéssel sikerült a mondatot kiejtenem a számon, mint ahogy azt szántam.

– Azt gondolom, hogy most pihenjünk egy keveset! – szólt a Sámán gyengéden, de ellentmondást nem tűrő hangon a szoba másik oldaláról.

Türelmetlenül ránéztem Áronra, a kalauzomra, mert már inkább mehetnékem, mint pihenhetnékem volt. Kezével tett egy csillapító, türelemre intő mozdulatot. A következő pillanatban lecsukta a szemét, jelezve, hogy ő mindent elmondott nekem, amit akart.

Változatlanul nem értettem, mit keresek én itt. Ráadásul már bosszantott is az öregúr, mert – szerintem – kétségbe vonta észbeli képességeimet. Hő, hogy jön ez hozzá, durciztam egy kicsit magamban.

Ekkor a szellemtudós torkából érces, igen erőteljes hang tört elő. Egy-egy hangzást hosszú ideig kitartott, és percekig ismételte. A Sámán nagy levegővétellel teleszívta a tüdejét, majd szinte a gyomrából kezdett neki a mantrázásnak. Olyan érzésem volt, hogy amíg a következő aktushoz megtöltötte levegővel a tüdejét, a korábbi rezgés sem múlt el. A rövid ideig tartó szünetben is ott remegett a levegőben, betöltötte az egész teret.

Látva, hogy itt valaminek a komoly előkészületei folynak, nem volt mit tennem, még jobban elkényelmesedtem a fafotelben, és jobb híján csendben szemlélődtem. Legalább végre tüzetesen szemügyre vehettem, hova is keveredtem. Aprólékosan megvizslattam a házikó belsejét és annak lecsukott szemű – akkor úgy gondoltam –, észt osztó tulajdonosát.

A tőlem balra lévő, robosztus széket hasonló állatbőr takarta le, mint amilyenen én ültem. Az utána következő berendezési tárgy egy kanapéhoz hasonlatos, ülő-fekvő alkalmatosság volt, szintén bőrökkel letakarva. A bőrök alatt valami puhább, valószínű szalmával megtöltött matracszerűség lehetett. Onnét gondolom, hogy egy szalmazsákot takartak le a bőrökkel, mert mikor Áron nagy ritkán megmozdult, halkan, gyengéden zizegett. A következő, szintén lemetszett sarokban egy festett, vasveretes, robusztus láda hívta fel magára a szemlélődő figyelmét. Ugyanazon a falon volt a helyiség egyetlen ablaka is. Valószínűleg az lehetett a déli oldal, mert a bezárt zsalugáter icipici résein éppen beszűrődtek a késő délelőtti napocska elkóborolt sugarai. Az ablak másik oldalán ült, az ülő garnitúra ötödik elemén, a negyedik karosszékben, maga a Sámán. A velem szemben lévő átlós szögletben volt felépítve a hűvös, hideg időjárás egyik hatékony ellenszere, a búbos kemence. Furcsa, de nagyon praktikus módon egybe volt építve egy sparherdszerű berendezéssel, ami minden bizonnyal az élelmezési feladatok megoldásához nyújtott megfelelő segítséget. A kályha és a tűzhely együttese uralta a szemben lévő ficakot, és a tőle jobbra és balra eső fal jó részét. A tűzhelytől jobbra lévő maradék falfelületet két darab ajtó osztotta meg, egyenlő arányban. Mint később megtudtam, az egyik ajtó mögött, az épület Dél–Délnyugati szegletében egy hálószobácska, a másik ajtó mögött éléskamra épült, Nyugat–Északnyugati tájolással. A hálószobát a kemencének egy falon átlógó darabkája fűtötte. Tőlem jobbra a bejárati ajtó és a már korábban említett, mellettem lévő karosszék terpeszkedett. Megfigyeltem, hogy a falfelületek ugyanazon fagerendák minden egyéb további burkolás nélküli belső oldalai, mint aminek a szerkezetét odakint már megcsodáltam. Egyetlen repedés, toldási pontatlanság, vagy összeépítési hiányosság nem csúfította el a belül simára csiszolt felületet. Valami általam ismeretlen kencével kellősítették a falakat és a mennyezetet is, amin nem tapadt meg a por. A gyönyörűen lerakott, keményfa szegekkel rögzített hajópadlóra egy körülbelül egy méterszer egy méteres étkezőasztalt helyeztek a szoba közepére, négy egyszerű székkel. A helyiség mesterséges világítását az asztal felett lelógó, díszes, kovácsoltvas remekműbe foglalt petróleumlámpa adta.

A helyiségben ezúttal gyertyák égtek. Kettő az én fejemtől jobbra és balra, a falra felszerelt szintén kovácsoltvas gyertyatartókban, egy pedig a Sámán széke mellett álló gyertyatartóban elhelyezve, ami a kemence padkáján álldogált békésen. Ez az egy szál gyertya megvilágította a Sámán teljes lényét. Alaposan szemügyre vettem.

A korábban megfigyelt, szinte fekete szemei jelen pillanatban nem látszódtak lecsukott szemhéjai mögött. Annyira sötét szembogarai voltak, hogy a pupilláit egyáltalán nem lehetett érzékelni.

A mozdulatlanságában is észrevétlenül vibráló gyertyaláng aranyló fényében egy meghatározhatatlan korú, de mindenképpen nagyon idős ember arcába bámulhattam bele illetlenül. Ovális alakú fejét széles arccsontjai tették hangsúlyossá. Koponyájának méretéhez illő, ahhoz arányosan nagy, egyenes vonalú orra a végén egy kissé megtört, mint a sólyom csőre. Orrlyukaiból igencsak kéveske látszódott a görbület miatt. Ami meg mégis, azt eltakarta nagy, vastag bajsza, ami felső ajka teljes szélességében kitartott a szája felett, és patkó alakban lehajlott. Szája ívének állandósult mosolya arcának, fejének, egész lényének mesebéli jóságos öregapó külsejét kölcsönözte. Megnyugtató érzés volt megpihentetni fürkésző, kíváncsi tekintetemet a nyilvánvaló boldogság e ritka földi megnyilvánulásán. Ezüstszínű, hullámos szálú, vastagon sűrű haja a válláig, és még azon túl is ért. Harmonikusan zárta le arcát félholdként meghajló, sűrű, kicsit bozontos szemöldöke, amely az orrnyerge felett kis híján összeért. Magas homloka egyenesen futott felfelé, hogy jókora utat megtéve kezdjen felhajlani, fejtetője irányába. Ezt a látványt megosztotta az a dél-amerikai indián kultúrákra emlékeztető motívumokkal ellátott díszes fejpánt, amivel ékes hajkoronáját lefogatta. Kifejezetten jó érzéssel töltött el ennek a szép embernek a látványa.

Valahogy elnehezedett az a csend, amelyet vendéglátóim szótlansága okozott. Önfeledt bámészkodásom furcsa érzetekkel kezdett el párosulni.

Próbáltam én összehasonlítani az előttem ülő embert, hogy kire is emlékeztet – mert valakire nagyon –, de a gondolataim nem tudták elhagyni a kunyhót. Biztosan hihetetlenül hangzik, de így volt. Megszűnt a helyiségen kívüli világ létezni. Mintha csak az éppen előttem elterülő látványból állt volna a mindenség. Nagyon-nagyon furcsa, de nem rossz érzés volt. Egyáltalán nem küzdöttem ellene. Az átélt élményérzet itt nem fejeződött be. Először a fejemből nem mentek tovább a gondolatok, ott bent megrekedtek, majd egyszerűen megszűntek. Nem csak a gondolatok, hanem maga az érzet is, hogy egyáltalán van fejem. Valahol a szívem tájékától, és onnét lefelé kezdtem el ismét létezni. Azon felül egész egyszerűen semmi voltam. Ettől függetlenül tudtam, hogy ki vagyok. Tudtam, hogy hol vagyok. Tudtam, hogy létezek. Tudtam, hogy vagyok. Hogy VAGYOK! Nem voltam vagy leszek! Ez a tudás azonban nem a fejemben született gondolat által tudatosult bennem. Furcsa kettősség kerített hatalmába. Létezett egy tudó, testtől független részem, ami szintén én voltam, és egy fizikai anyag részem, ami a mellkasom közepétől lefelé létezett korábbi meglévő állapotában.

Abban a van, vagyok – vagy ahogy most fogalmaznék – itt és most állapotban megszűnik létezni minden, ami gond, minden, ami probléma. Nem sínylődik az ember tovább gondolatain keresztül azon, ami elmúlt. Abban az állapotban nincs ilyen. A múlt, az már por. MÁR nem létezik. Nem emészti magát halálra aggódásain keresztül az ember a jövő az esetek döntő többségében soha be nem következő problémái miatt, mert az meg, MÉG nincs itt.

Nem volt bennem semmi értelem, csak léteztem. (Ez nem úgy értendő, hogy elhülyültem.) Ugyanakkor tudtam, éreztem a saját identitásomat. Én én maradtam. Szívem magasságától lefelé az voltam, aki korábban. Érzékeltem minden porcikámat, a gyaloglás kiváltotta enyhe izomlázat. Csak felfelé nem voltam, csak VAN-tam. (Biztos nem ezért a mondatomért kerülök az irodalmi Nobel-díjra jogosan várakozók listájára, de nem tudom másképp megfogalmazni. Nem evilági dolgokról kellene e világon használatos szavakkal beszámolnom.)

A szemhéjaim elnehezedtek. Akaratom, illetve szándékom ellenére lassan lecsukódtak. Megszűnt az addigi állóképnek érzékelt világ, amely ténylegesen is az volt, a két szótlanságba és mozdulatlanságba merevedett mágust is beleértve.

Az idő, mint tényező, megszűnt létezni. Követhetetlenné vált számomra, mitől, mihez képest, mennyi idő telt el. De ez sem igaz így leírva, mert igazából az idő kérdése, hogy egyáltalán van olyan, fel sem merült abban a csoda állapotban.

Ültem a számomra rendeltetett ülőalkalmatosságon lecsukott szemmel, és teljesen a semmit érzékeltem az engem körül vevő világból. Furcsán hangzik ez is, tudom, de érzékeltem a semmit. A következőkben mintha egy moziba ültem volna be. Egy színes, szélesvásznú kalandfilm eseményei peregtek előttem:

A telihold fénye által megvilágított csapáson egy komoly létszámú lovascsapat haladt ismeretlen célja felé, sebesen, láthatóan eltökélten. A vezetőjük egy fél fejjel kimagaslott társai közül. Láthatóan erős testalkatú, kemény, határozott kinézetű figura volt. Hátrafordulva, felemelt kézzel intette megállásra a mögötte lévőket. Megrökönyödve ismertem magamra a lovasok vezetőjében.

Intettem – immáron én – a többieknek, hogy lépésben folytatjuk utunkat.

Egyszerre voltam szereplője és a moziban ülő megfigyelője az eseményeknek. Természetes állapotnak éltem meg, egyáltalán nem akadtam ki tőle.

Harcostársaim csendben, fegyelmezetten követtek. Gondolataimban az előttünk álló harc várható fejleményeit taglaltam. Feladatunkat idegen földön kellett végrehajtani. Éreztem, tudtam, hogy nem a hazámban, hanem attól valahol távol, nyugatra bóklásztunk a mintegy száz főre becsült csapatommal. A telihold által megvilágított éjszaka fényénél végignéztem a seregen. Apró termetű lovainkkal mintha egybeforrott volna testünk. Ember és állat mintha egy élet, egy organizmus lett volna. A lábaim között tartott állat gondolataimra reagálva viselkedett. Ahogy én mozdultam, úgy mozdult ő is. Átvette az információt, amit mozdulataim hordoztak, és minden további parancs nélkül aszerint cselekedett. Karom egyetlen, furcsa intésére lekerültek a hátakról az oly jellegzetes íjaink. Kétséget kizárólag tisztában voltam vele, hogy – mai szóhasználattal – magyarok voltunk.

Minden harcos felajzotta az íját, megigazította sajátos, mindenkinek egyénileg elkészített díszítésű nyíltartóját. Leellenőrizték kézi fegyverzetüket. Újabb intésemre hangtalanul körém gyűltek. Halkan beszéltem hozzájuk. Mai fülnek kicsit furcsán hangzottak mondataim, de tisztán és érthetően, magyarul.

– Halljátok Atilla rendelkezését. Szeretett Föld Anyácskánk ezen vidékén megcsúfolják a Mi Urunk parancsát. Az Ő Nevében, az Ő Akarata ellenére a papi elöljáróság a nép nyakán élősködik, hamis tanokat hirdet csak azért, hogy az igaz, Istent szerető embereket rémületben, rettegésben tarthassa, saját uralmának, hatalmának fenntartása, megszilárdítása érdekében.

Szándékosan elfelejtkeztek a Mi Urunk tanításáról, amely az Isten és egymás tiszta szeretetéről szól. Ezért a Mi Urunk kiszabott büntetését teljesítjük. Az ítélet végrehajtása során a gyengéket, öregeket, gyerekeket, elesetteket megkíméljük. Az elöljáróságot megöljük, a leányokat magunkkal visszük.

Kérdés nem volt. Egy emberként, néma főhajtással vették tudomásul a parancsot. Elindultunk vészt jósló, a halál fekete árnyékát lebegtető úti célunk felé.

A kiszemelt célpont egy nagyobb falucska volt, összetákolt, fából épült, düledező viskókkal, lakóházakkal. A falu szélén, az emelkedő domb aljában, magas kőfallal körülvéve masszív építésű kőtemplom hivalkodott, melléképületeivel együtt. Oda igyekeztünk. Megkerültük a falut, és a dombtetőről lefelé érkezve közelítettük meg a templomot.

Megálltunk a domboldalban, nem messze a kőfaltól, de még jó rálátással bírtunk a templomkert belsejére.

Álltunk és vártunk. Ültünk a lovaink hátán és vártunk. Csendben, mozdulatlanul. Az egész sereg. Lélegzetem, szívdobbanásom, testem minden apró rezdülése eggyé vált lovaméval. Egy test voltunk, és egy lélek. Mozdulatlanul, csendben vártunk valamire. Csendes idő volt, a szél sem rezdült. Az éjszakai állatvilág szereplői valamit megérezhettek, mert valószínűtlen csend uralta a környéket. Csak a tücskök ritka ciripelése törte meg néha azt az áldott állapotot. A sereg tagjai közel, mégis egészséges messzeségben tartották magukat egymástól. Mindenki rezdületlenül, becsukott szemmel, szinte kővé meredve várt valamire. Feltűnt, hogy egy irányba fordult mindannyiunk feje. Hirtelen megértettem mindent. A szemem előtt megcsillant a Nap első sugara. A felkelő Napra vártunk. Kitártam a két karom imára. Minden emberem hasonló módon cselekedett. Elcsendesedett elmém, csak a Nap egyre gyarapodó sugarait fogadtam félig leeresztett szemhéjamon keresztül a tudatomba. A napsugarak energiája leírhatatlan erővel járta át fényben fürdő testemet. Lényemet átjárta a Világosság tudata.

– A Te akaratod legyen meg, Atyám! Adj, ha adni akarsz, végy engem, ha venni akarsz! – suttogtam szinte magamnak.

– Legyen úgy! – hangzott a szintén suttogó jóváhagyás. Felkelt a Nap.

Intettem két legényemnek, akik anélkül, hogy külön elmondtam volna, mi a dolguk, leugrottak a nyeregből. Valami ügyes szerszámmal és erre a célra előkészített porszerű anyagból egy pillanat műve alatt tüzet lobbantottak. Eközben egy harmadik társunk takarót tartott köréjük. Őrizte tevékenységüket a nemkívánatos szemektől, és egyben a gyengén fújdogáló szellőtől. Egy marék száraz fű, majd néhány vékonyabb, azt követően vastagabb gallyacska, és stabil tűz égett a pokróc jótékony takarásában.

Ültem a nyeregben és csak gondolnom kellett a következő feladatra, és megvalósult. Hangtalanul kommunikáltam a harcostársaimmal. Másra nem tudok következtetni, mert mindenki azonnal, mint ahogy a fogaskerekek kapcsolódnak egymásba, tette a dolgát.

Ahogy a tűz magára talált, rögtön körbevette vagy tíz nyilas, és nyilaik végét a már ropogó tűzbe tartották.

Pár másodperc elteltével a templomkertben, közvetlenül a templom épülete mellett álló jókora lakóház faszerkezetű tetejét narancssárga lángnyelvek nyaldosták. A hajnallal feltámadó gyenge szellő pillanatok alatt elterítette, majd visszafordíthatatlanná tette a fizikai folyamatot.

Az elöljáróság szálláshelyéül szolgáló építmény teteje recsegve-ropogva égett. Embereim egyenes vonalban felsorakoztak, íjukat felnyilazták, és hegyét a föld felé fordítva feszülten figyeltek. Pillanatok múlva fejveszett rohangálás, kapkodás lett úrrá a vidéken. Kitört a káosz. Rendet az embereim nyilai raktak. Akire nem illett a korábbi kilövési tilalom, azt leterítették. Márpedig a templomkerten belül nem volt sem öreg, sem gyermek, sem nő, sem elesett. Olyan viszont egyre több, aki végérvényesen elesett. Mintegy húszan élhettek a templomkert falain belül. Korábban. A falu népe nem tudta, mitől rettegjen jobban; a rájuk zúdult ellentől, vagy a félelmetes tűzvihartól. Térdre rogyva várták a végítéletet, arcra borulva házaik előtt. Intettem a kezemmel megint, egy másmilyen furcsát. Összeszaladt vagy húsz emberem. Abból ötnek azt az utasítást adtam, hogy mehetnek a többiekkel, válogathatnak. Tudták, hogy a fehérnép közötti mustra következik. Örömmel mentek. A maradékot magam mellett tartottam, és behatoltunk a templomudvar területére. Nem volt a dolog egyszerű, mert a kapu és a kőkerítés teljesen ép volt. Ugrasztottam az egyik legényemet. Csoda ügyesen vetette át magát lova hátáról a kerítésen, hogy a következő pillanatban belülről kitárja előttünk a templomkert nagy kapuját.

Már csak füstölgött. A kupola tetejű lakóépület teljesen kiégett. A templom nehéz, veretes ajtaja könnyedén nyílt. Nem volt rajta lakat vagy egyéb zárható alkalmatosság.

Érdekes módon egy cseppet sem aggódtam, hogy megtaláljuk-e, amiért jöttünk. Egyenesen az oltár mögötti területre vezetett az utam. Az előttem magasodó kőfalra mutattam, és a szorosan nyomomban lévő legények azonnal nekiláttak, hogy kibontsák az általam megjelölt helyen a falat. Érezhetően könnyedén ment a bontás. Rövid időn belül egy nagy üreg tárult fel előttünk, tele kegytárgyakkal. Kiragadtam az egyik harcos kezében lévő, égő végű fadarabot és bevilágítottam. Megállapítottam, hogy minden úgy volt, ahogy évekkel ezelőtti felderítőutamon azt megtaláltam.

Legényeim intésemre megpakolták a magukkal hozott nyeregtáskákat. Nem felügyeltem, nem volt rá szükség. A mi társadalmunkban nem volt jellemző az egyéni vagyon gyűjtése. Minden megszerzett kincs az Isten földi helytartójának elismert legnagyobb urat illette. Pontosabban az ő felügyelete alá tartozott minden. Itt, a Földön ő gondoskodott rólunk az Egek Ura helyett. Ő pedig egyenesen Istennek tartozott elszámolással. Őt meglopni egyenértékű volt Isten meglopásával. Senkinek még csak meg sem fordult a fejében hozzányúlni bármihez. A filmemben következő jelenet a gyülekezőnek meghirdetett helyszín, ahol az egész történet kezdődött. Indulásra kész volt a csapat. Vezetőtársaimmal egyeztettem éppen. Én és a szellemi vezetőnk, aki egy személyben a gyógyítónk is, egy másik utat választottunk volna hazafelé. A többiek az idefelé vezető utat javasolták. Ami igaz, az igaz: békés, nyugodt utunk volt, ellennek nyoma sehol. Csak a rossz előérzetem berzenkedett a javasolt útvonal ellen, nyomósnak elfogadható érvvel nem tudtam előállni. Mindezzel együtt a döntés az enyém volt. Arra megyünk, amerre én mondom, és döntésem megfellebbezhetetlen. Mondhattam volna bármit, mert döntésemet megkérdőjelezhetetlenül elfogadta volna mindenki, zokszó nélkül.

Rossz érzésem ellenére elfogadtam társaimnak a kényelmesebb út igénybevételére vonatkozó érveit. A hosszúsága miatt fárasztó idevezető út és a nem kevésbé fárasztó harci események után elindultunk keletre. Ahogy mi neveztük, Tündérországba, szeretett Kárpát-hazánkba.

Pihenésről csak a nap végén, a sötétedés teljes beálltával lehet szó. Az „önként és dalolva" hozzánk csapódott fehérnéppel felpuhult személyi állománnyal útnak eredtünk. Előreküldtem néhány emberemet a bevett gyakorlat szerint, hogy felderítőként előttünk menjenek, majd néhányukat, hogy utóvédként mögöttünk jöjjenek.

A vártnál semmivel sem lassabban, de gyorsabban sem haladtunk. Rutin munka – gondoltam –, mint ahogy ez már megszokott volt.

Ekkor váratlanul, a semmiből torkon talált egy nyílvessző, azonnal lefordultam a lóról. Ahogy földre estem, ott azonnal eltört a nyakam is. Szörnyethaltam.

Semmilyen belső megrázkódtatást, borzalmat, vagy rossz érzést nem éreztem. Még annyira sem rémített meg saját halálom látványa, mint amikor egy jól sikerült mozifilmben a jó oldalon álló főhőst valami rossz dolog éri. Sőt. Azonnal könnyebb lett minden. Körbenéztem. Még érzékeltem a körülöttem kibontakozó eseménysort, aztán már csak a tudatomban léteztem egy ideig. Tudtam, hogy az én hibámból következett be mindez. Nem volt elég a leggondosabbnak hitt óvintézkedés. Hiába tettem meg legjobb tudásom szerint minden tőlem telhetőt, ennek ellenére megleptek minket. Hallgatnom kellett volna a megérzésemre. Azonnal megértettem és átláttam mindent. Az értelmem cselekedett, amikor meghozta a kiválasztott útirányról szóló döntést, és nem fogadtam el a Felsőbbrendű Lényem iránymutatását. Nem volt meg a teljes önátadásom a lelkembe, a létezésébe vetett, százszázalékos hitem. Ez okozta vesztemet. Elbuktam lelkem küzdőterén.

Most kezdhetek mindent elölről – ez volt az utolsó tudatos gondolatom.

Iszonyatos csörömpölésre riadtam. Mintha egy rakat tányér tört volna millió darabra. Kinyitottam a szemem. A Sámán kunyhójában voltam. Szemük nyitva volt a jelenlévőknek. Engem figyeltek békésen. Teljes csend, nyugalom és béke vett körül. Nyoma sem volt bármilyen csörömpölésre utaló jelnek.

Semmit sem értettem. Bambán néztem ki a fejemből.

– Bocsánat, elaludtam. Miért nem szóltak? Olyan fura álmom volt.

Ez a három rövidke mondat nagyjából egyszerre bugyogott fel a torkom mélyéről.

– Biztosan álom volt?

Értetlenül néztem rá. Mi más lehetett volna? Egy pillanatra elaludtam, miután olyan furcsa érzeteim támadtak.

– Nem álom volt! – állította határozottan a Sámán.

– Hát mi? – kérdeztem bárgyún, nagyon ostobán.

– Nem lehetett az, mert én is ott voltam – jelentette ki legnagyobb meglepetésemre.

A felismerés döbbenetes ereje szinte lebénított. Az álombéli csapatomhoz tartozó sámán-gyógyító és a velem szemben ülő személy egy és ugyan az a személy volt.

A következő néhány percben szóról szóra elismételte ugyanazt az álomnak hitt képet vagy életfilmet, amit azt megelőzően oly élethűen átéltem.

– Ez a történet az egyik előző életének a vége volt – fejezte be mondanivalóját lakonikus egyszerűséggel.

– Az egyik mim?

– Az egyik előző élete – ismételte meg, amit az előbb is jól hallottam, csak nem akartam elhinni, amit mondott.

– Ha véletlenül még nem tudná, az isteni lélek morzsája, ami a maga igazi énjétől származik és most is magában lakozik, az mindörökre halhatatlan.

Hát, véletlenül nem tudtam.

Magamba roskadva ültem a helyemen. Énem két fele viaskodott egymással. Az egyik a józannak hitt eszem, amelyik képtelen volt igaznak elfogadni bármit, ami kézzel nem fogható, a másik pedig az eddig általam nem érzékelt, ismeretlen lényem, amelyet az imént ténylegesen átélt, bőséges érzelmi töltettel ellátott, letagadhatatlanul valóságos élmények hívtak életre.

A jelenlévők hagytak magammal viaskodni. Hangtalanul, békésen, türelmesen, végtelen megértéssel és szeretettel szemlélték lelki tipródásomat.

– Hogyan tovább? – tettem fel a Sámánnak roppant szellemesen a kínosan egyszerűnek tűnő kérdést.

– Minden magától függ – bölcselkedett az arra hivatott.

Egy pillanat alatt meg is őrjített ezzel a fél mondatával. Szellemileg leamortizáltnak éreztem magam mellette, és ez nem volt hízelgő megállapítás az egyébként nagy becsben tartott egómra nézve.

– Azért örülnék, ha segítene egy kicsit. – A hanghordozásom szándékomon kívül megint csak az építőiparban használatos, egyszerű, utasításhoz szokott, kissé nyers modorra hajló kivitelre sikeredett.

Nem vette zokon.

– Akkor most jól figyeljen, fiatalember, mert egyszer szó szerint emlékeznie kell arra, amit most hallani fog. Kérdezni se kérdezzen. Maradjon csendben.

Annyira kívülállónak éreztem magamat, de főleg azok az érzések, amelyeket keltettek bennem. Annyira messze volt a szellemvilág léte tőlem, hogy – stílszerű legyek – már az előző életemben sem hittem benne. Még mindig az átélt események hatása alatt álltam, nem tértem még igazából magamhoz. Csak bólintottam.

Nem fog nehezemre esni csendben maradni – gondoltam.

Csak azt nem értettem, hogy gondolja, hogy szóról szóra tanuljam meg az elhangzottakat, mert szerinte egyszer el kell tudnom majd ismételni. A kijelölt feladatra való alkalmatlanságom teljes tudatának nyugalmával, kényelmesen ismét hátradőltem székemen és néztem a Sámán arcát, ahogy a gyertyafény árnyékai táncoltak értelmes, emberien szép ábrázatán.

Belekezdett mondókájába a szellemi tudományok jelen lévő jeles képviselője, melyről azt sem tudtam még, hogy honnét ered, pláne azt nem, hogy hol ér véget.

– Én már tudtam eddig is, attól a pillanattól, hogy átlépte házam küszöbét, de most, az egyik korábban átélt életének felidézésével immáron maga is tudhatja, hogy nem véletlenül van itt. Mi már találkoztunk máskor is, más körülmények között is.

– Mielőtt a Földre leszületünk – folytatta –, ígéretet teszünk az Egy Igaz Istennek, hogy úgy éljük le az életünket, hogy mindent megteszünk azért, hogy fizikai testben elérjük, úgymond megvalósítsuk Őt. Ez a kifejezés magyarul azt jelenti, hogy bármikor, amikor csak akarunk, kommunikálhatunk Vele. Megértjük Őt, elfogadjuk az Akaratát. Teljesen átadjuk neki önmagunkat, az egónkat, és az Ő meglátása szerinti cselekedetek hatják át mindennapjainkat, huszonnégy órán keresztül.

A mi világunk kizárólag erre a feladatra teremtetett. Csak itt érhető el az anyagi világ által elfedett homályból az Isten. Minden lélek vissza akar jutni a Forrásához. Csak idő kérdése, hogy mikor fogalmazódik meg a lélekben az igény a visszatérésre. A probléma viszont az, hogy szinte megszületésünk pillanatában elfedi éleslátásunkat a káprázat, vagy ahogy mások mondják, a fátyol. Elveszítjük a kapcsolatunkat a Teremtővel. Elfelejtjük, honnét és miért jöttünk, nem tudjuk, hogy kik vagyunk, és azt sem, hogy hova tartunk. Pontosabban, hogy hova kellene tartanunk.

Ez a világ, a földi világ, szándékosan így van kitalálva. Ez a tapasztalatszerzés helye. Igaz tapasztalatot csak tudatos élettel szerezhetünk. A tudatos élet pedig arról szól, hogy mindent elkövetünk azért, hogy ismét Istenre leljünk. Tudni kell, hogy a Teremtő ténylegesen Mindenható. Egyvalamit azonban nem tud megtenni, mégpedig azt, hogy megnyissa az ember a szívét Előtte. Az Ő irányába, Érte. Ez az egyetlen dolog a világon, amit szabad akaratából kell megtennie mindenkinek. Ha az ember megtenné azt az apróságot, hogy elfogadja Őt létezőnek, rájönne hamar mindenki, hogy egy a forrásunk, hiszen valamennyiünkben Isten egy darabkája létezik. Az Ő energiája éltet bennünket, Tőle származik az életerőnk. Ha egy a forrásunk, a gyökerünk – márpedig egy –, akkor ugyanazon fának különböző levelei vagyunk. Vagyis egyek vagyunk mindahányan magával a fával, és mégis különbözőek. Az életünk olyan, mint a pókháló. Ha az egyik végén megrezdül valamitől, akkor az egész pókhálót, annak valamennyi szálát érinti. Az értelmetlenül, erőszakosan leszakított levél fáj a fának, így fáj minden levélnek, vagyis a léleknek. Valójában mindenki egy irányba tart, csak pokolian lassan, életek százain, ezrein keresztül.

Látja, milyen érdekes és értékes a magyar nyelv? Azt mondom, pokolian lassan. Ha szó szerint akarjuk megérteni, semmi értelme nem lenne. De minden születetten magyarul beszélő és értő ember tudja, hogy egy nagyon lassú kifejezést jelent. A pokolian lassú azt jelenti, hogy számtalan esetben át kell élnie a földi poklot újra és újra, hogy megtalálja Istent. Senki – a ritka jutalornéletnek hívottaktól eltekintve –, de senki nem azért születik a Földre, hogy itt felhőtlen boldogságra leljen. Ez itt a küzdés, a küzdelem helye. Lehetne ez másképp is, de ennek még nem jött el az ideje. Éppen miattunk, emberi lények tudatlansága miatt. Azért ilyen lassú a folyamat, mert kevesen képesek arra, hogy átadják magukat a felettes énjüknek. Nem hallgatnak a belső parancsra, a lelkiismeretükre. A saját, józannak hitt eszük után és az érzelmeik által vezéreltetve mennek, amiről az esetek döntő hányadában kiderül, hogy hajítófát sem ér, zsákutcába vezet.

Meg kellene tanulnia mindenkinek a szívére, a lelkiismeretére hallgatni. Az a cselekedet, amit a lelkiismeret nem hagy jóvá, az rossz cselekedet. A rossz cselekedet rossz karmát szül, amit ki kell egyenlíteni, jóvá kell tenni. Ha nem ebben az életben, akkor a következőben. Az ok-okozat elvét büntetlenül megsérteni, az egyensúlyt felborítani nem lehet. Legalábbis a dolgok jelenlegi állása szerint. Feltehetjük magunknak azt a kérdést, hogy mi az oka annak, hogy a földi életet nehézségekkel teli, sokszor kínlódva, szenvedve, esetenként igazi pokolban kell leélnünk. Mikor fohászkodik az ember fia Istenhez? Hát akkor, amikor nagy a baj. Vagy legkésőbb akkor, amikor már tényleg nagyon nagy a baj. Akkor a legelvetemültebb, csak az anyagi világ létezésében hívő ember száján is kijön egy „Jaj Istenem, segíts!".

Amikor jól megy sorunk, akkor nem jut eszünkbe Isten. Nem jut eszünkbe, hogy hálát adjunk Neki. Ez az oka, hogy egyre roszszabb a földi élet. Az Isten nem mond le egyetlen gyermekéről sem. Akkor is jó irányba tereli, ha – szó szerint – beledöglik is. Előbb-utóbb, ha nem ebben az életében, akkor a másikban, vagy az ikszedikben, de mindenkivel kimondatja a tiszta szívből fakadó „jaj, Istenemet". Kimondatja, ha magától nem akarja. Segítség! Segíts! Ég! Mennyivel egyszerűbb lenne pedig, ha értenénk saját nyelvünket, és mindezt önszántunkból megcselekednénk. Csak egy apró kérdést kellene a legnagyobb hitetlennek is önmagának feltennie. Mi vesztenivalóm van, ha hiszek Benne? A jelen életem olyan, amilyen. Ha elfogadom Isten létezésének a tényét, milyen bántódásom lehet? Hogy rosszabb nem lesz, az biztos. Akkor?

– Pár dologgal kell csupán tisztában lenni. A földi életben elkövetett összes bűn három alap dologra vezethető vissza. Ez pedig a düh, a kapzsiság és a kéj. Csak ezt a három dolgot kellene megtanulni a helyén kezelni, kordában tartani. Persze mindenkinek. Ennyi a nagy titok.

El kellene fogadni mindenkinek, hogy minden létezőnek oka van. Az ok pedig maga az Isten. Minden, amit átélünk, az pedig az okozat, ami a Forrásból származik. Megint csak a magyar nyelv és a magyar nyelv, a zseniális magyar nyelv. Vajon hány ember él ma Magyarországon, akik felfogják, megértik, hogy a magyar nyelvvel, amit anyanyelvük jogán, oly könnyedén megszereztek, milyen kincs van a kezükben? Miért van az, hogy más nemzetek nyelvében az okos kifejezésnek köze nincs az okhoz? Azok intelligensek, klevörök, umnijök és így tovább. Mi, magyarok, okosok vagyunk. Miért? Azért, mert régen még tisztában voltunk a legnagyobb igazsággal, hogy mi mitől van, mi mitől működik. Tisztában voltunk az Okkal. Tehát, OKOSOK voltunk, és nyelvünkben azok is maradtunk.

A magyarnak született ember genetikai állománya magában hordozza a tudást. Nyelvében él a nemzet. Hallotta már ezt a kifejezést? Persze, hogy hallotta. Mások, más népek ezt nem mondják, csak mi. És mennyire igaz lenne, ha szisztematikusan, évszázadok óta nem nyomnák el, nem terjesztenének róla hamis ideológiákat erről az isteni kincsünkről, az évezredeken keresztül változatlan formában, sziklaszilárdan kitartó nyelvezetükről.

Van kiválasztott nép, nem is egy. Az egyik az egy igaz Isten által, az Ő szándékainak tolmácsolására rendeltetett. A másik pedig a földi pokol irányításáért felelős STN, vagy Luciferként is emlegetett, egykori angyal szolgálatára teremtettek. Az ő kiválasztottjai. Ahogy az Írásból is kiderül: „Ti az Ördög Atya gyermekei vagytok"!

Az Ő Istenüknek – az ő állításuk szerint – nincs neve, nem mondhatják ki. Elgondolkodott már azon valaha valaki, hogy miért? Csak nem azért, mert ha tényleg néven neveznék, mindenki számára kiderülne a valóság?

A mi népünk saját tudatlansága és tudatos elbutítása miatt nagy bajban van. S ha ez meg nem változik, egyre rosszabb helyzetben lesz.

Mit lehet tenni? Tanulni, megérteni, elfogadni, cselekedni. Ebben a sorrendben.

Ma még sokan szégyellik magyarságukat, holnap büszkék lesznek rá, holnapután hálát adnak az égnek, hogy magyarnak születtek. De addig még történik egy s más. Még nagyon sok víznek le kell folyni addig a Dunán.

Meg kell tanulni őseink múltját, bármennyire is tiltják, titkolják. Rengeteg jó könyv születik majd igaz történelmünkkel kapcsolatosan. Meg kell tanulnunk, kik voltunk, mert csak így tudhatjuk meg, hogy kik vagyunk, és csak így tudhatjuk meg, hova tartunk, mi a feladatunk. Ez a fajta tanulás időszaka nagyon sok sarat a felszínre hoz majd.

Amíg el nem érkezik a rendelt idő, használják fel arra, hogy változtassanak eddigi életvitelünkön, saját magukon. Lépjenek túl a dühön, a haragon. Lépjenek túl a kapzsi, harácsoló, mások anyagi sikerére irigykedve tekintő életükön. Lépjenek túl a más nációk által ránk erőszakolt és eltanult életmódjuktól. Tanulják meg leküzdeni, tartsák kordában a túlzott és sokszor felesleges anyagi javak utáni vágyaikat. Ne feledjék, semmit sem hoztunk magunkkal erre a világra, és semmit sem viszünk majd magunkkal. Minden, amit ma birtokolni gondolunk, előbb-utóbb másé lesz.

Tiszteljék a család szellemiségét. Tanulják meg tisztelni, elfogadni, segíteni, tanítani és szeretni a másik embert.

Imádkozzanak a Jóistenhez, legyenek hálásak neki azért, amijük van.

Kérj, és megadatik. Csak tudd, hogy mit kérj. Kérj világosságot, megértést. Kérj békét az elmédbe. Kérd, hogy le tudd csendesíteni az elmét, mert csak akkor hallhatod meg a valós irányítód szavát. Ha képes leszel meghallani a szíved hangját, már rossz nem érhet itt a Földön. Kérd, és megadatik. De tégy te is érte valamit. Segíts magadon, és Isten is megsegít. Nyisd ki irányába a szíved, és szánj időt arra, hogy egyedül maradhass Vele. Csendesedj el rendszeresen, és kifejlődik benned a meghallás képessége. Ha imádkozol, Isten csendben van és hallgat téged. Amikor te vagy csendben, Isten beszél hozzád. Tanuld meg őt meghallani.

Nem Isten hagyott el minket, mi hagytuk el Őt. Találjanak vissza hozzá, és megsegít életünk minden területén.

Csend lett. Csukva volt mindvégig a szemem és semmi késztetést nem éreztem, hogy kinyissam. Még akkor sem, amikor halkan megreccsent a padozat és érzékeltem, hogy a Sámán feláll a helyéről. Tudtam, hogy felém jön. Észleltem, ahogy csendesen megállt előttem. A szívem valamivel gyorsabban kezdett dobolni füleimben és vártam, hogy valami történni fog. Megéreztem a másik ember közvetlen testi közelségét. Két hatalmas, forró tenyerébe fogta a fejemet, oly módon, hogy a jobb kezét a homlokomra tapasztotta, úgy, hogy az ujjai a fejtetőm irányába mutattak, míg a bal kezét a fejem tetejére helyezte. Fejem tetejére helyezett bal kezének ujjai merőlegesek voltak a jobb kéz ujjaira, miközben két hüvelykujja vége összeért.

Koponyámat égető melegség öntötte el, mely mintha forró láva lett volna, folyt végig bensőmön, lehatolt egészen a szívemig.

– Az utolsó szavamig mindenre emlékezni fog, ha eljön az ideje – dörmögte alig hallhatóan. Most pihenjen.

Ez volt az utolsó szó, amely eljutott a tudatomig. Mély álomba merültem.

Nohát. Ismét egy látomás, ismét egy fizikai világban történő kivetülés. Azzal, hogy a sámán megismételte az általam álomképnek hitt látomást, igazolta annak hitelességét.

V. FEJEZET

Volt olyan eset az életemben, ahol az addig nem ismert spirituális élményt megelőzte, előkészítette egy földi létben megvalósult esemény.

Szintén az Úton, az El Camino-n történt meg velem.

Naponta harmincnégy kilométer körüli átlagot gyalogoltam. Nem űzött, hajtott, siettetett semmi. Ennyi esett jól. Semmi, de semmi hiányérzetem nem volt. Naponta az út végét mindig a közelgő este beköszönte, mintsem a fáradság jelentette. A kutyás kaland féle jó idő, úgy tűnt, csak egy adott pillanat isteni ajándéka volt, mert az elemek másnaptól megint tiszta erővel tomboltak. Május elseje volt. Viharos erejű széllel havas eső, jégeső hullott alá.

Egy nem túl magas, talán Gellérthegy méretű dombocskát kellett megmásznom. Persze kiépített utak nélkül. Az egykoron tán létező gyalogutat elmosta már rég a lezúduló saras víz. Szakadt a jeges eső, fújt az orkánerejű szél. Az apró, éles jégdarabkák kíméletlenül szántották véresre arcomon a bőrt.

Esőköpenyem kapucniját hangos csattanással szakította le fejemről a vihar egy tüskés ágacskával karöltve. Cafatokban csapkodta a vállam mögött a fejfedő megmaradt szeletkéit a szűnni nem akaró légáradat.

Az agyagos, nyálkás, ragadós talajon lépten-nyomon vissza-visszacsúsztam. Kettőt előre, egyet hátra. A tájfun, akármerre fordult az út, mindig és csakis szembe tudott fújni. A bakancsaimra lerázhatatlan módon tapadt az agyagos sár.

A sár a bakancsaimon darabonként több kilóval növelte meg a cipelnivalómat. Mintha ólomlábakon jártam volna. Egy métert sem láttam előre a tomboló elemek miatt. Elcsúsztam, bevertem a jobb térdem egy sziklába. Annyira, hogy a szikla is sírva fakadt. Irgalmatlanul fájt. Azonban tudtam, hogy hamar el fogom felejteni a térdem sérelmeit, csak várjam ki a pillanatot, amíg leszakad két körmöm. Ami a következő megcsúszáskor be is következett, amikor a semmibe, a sáros talajba megkapaszkodva beleakadtak valamibe és leszakadtak. A kínok kínját álltam ki. Rimánkodtam egy kis extra térdfájásért, csak legyen felejtős a körömleszakadós okosság. Sírtam, nyüszítettem kínomban. A középiskolában hallgattam földméréstant. Pedig jobb lett volna, ha inkább tanultam volna hallgatás helyett. Ez esetben tisztában lettem volna azzal, hogy talajmintát nem harapással szokás venni. A következő lépésnél ismételten, ezúttal pofára estem, és szabályszerűen fűbe haraptam.

Immáron egy komplett száj- és körömfájásról számolhatok be, némi csülökérzékenységgel kiegészítve. Az orrom is megsérült. Kívülről felrepedt és szivárgott, belülről viszont folyt a vér. Számba vettem az orromból távozó valamennyi testnedvet. Volt ott minden. A szemem is telement iszappal. A mocskos kezeimmel mit sem segíthettem rajta. Próbáltam kipislogni, kikönnyezni a benne lévő sarat. Persze nem ment. Vakon, sérülten tapogatva igyekeztem biztos talajt keríteni talpaim alá. Járóeszközeim telementek a környékre jellemző geológiai rétegrend teljes vertikumával. A cipőkbe került éles kövek a zoknikon keresztül áthatoltak, úgyhogy mezítláb tapostam rajtuk. Természetesen csak azokon, amelyek nem szorultak be a bakancs oldala és a bokáim közé.

Egy fakír szexuális értelemben is a csúcsra jutott volna a kínok nyújtotta élvezetek ilyen eldorádója kapcsán.

Kiprüszköltem a számban lévő dagonyát, és sebzett vad módjára, tele torokból ordítottam. Még csak nem is az elviselhetetlennek hitt fájdalom volt a legnagyobb bajom, hanem a tehetetlen düh, hogy hogyan lehettem ilyen kötözni való járom állat, hogy erre a „kaminósdira" vállalkoztam. A jeges eső, a vér, a könny, az izzadság, a nyál és az egyéb, tőlem és nem közvetlenül belőlem származó nedvek keveredtek a számban. A szél mindent belehordott. Mind e mellé cefetül fáztam, reszkettem, rázott a hideg. Testileg, lelkileg elgyötörve, az utolsó energiatartalékomat és akaraterőmet mozgósítva felvergődtem a magaslat tetejére. Gondoltam, ott majd egy kicsit összeszedem szétszórt, több szempontból is kárhozatra ítélt egyéniségem, és egy szárazabb, jól ásható helyen elkaparom magam.

A dombtető, mint elérendő cél, persze semmit nem jelentett, mert a lefelé vezető csúszós út sem kecsegtetett semmi jóval. Mégis, ott fent, mintegy vezényszóra, megszűnt minden baj és fájdalom. Hosszú-hosszú pillanatokig olyan eufórikus boldogságérzet járt át, ami száznyolcvan fokos ellentétje volt az iménti kínoknak. Ilyen örömélményhez csak kivételes, emelkedett ünnepi alkalmakkor juthat az ember. Hasonló boldogságot gyerekeim világra jöttének pillanata jelentett, mely érzést az apás szülésekkor átélhettem. Az alkalom ott és akkor minden volt, csak nem ünnepi. Nem is értettem. Mindenesetre az átélt két véglet közötti különbség szinte leírhatatlan. Az elképzelt pokol és mennyország. Elkönyveltem, hogy az elszenvedett fájdalmak elvették az eszemet. A történtek tényleges okának megismerése csak néhány napot váratott magára.

Május tizedike. Reggel hat óra tájban szoktak az egyébként mindig cserélődő zarándoktársak felcihelődni, elintézni a vizes helyiségben ügyes-bajos dolgaikat. Én minden alkalommal kivártam, amíg az Úton lévők java útra kel. Melegvíz ugyan nem maradt nekem a tömeg után, de már megedződtem.

Az ágyamon fekve ébren, de csukott szemmel hallgattam a még pihenőkre tekintettel lévő, de mégiscsak jól hallható készülődéssel, csomagolással járó szöszmötölést, motozást. Hanyatt fekve próbáltam a zajokat kizárni az elmémből és egy kicsit magamba fordulni.

Jól sikerült. Arra lettem figyelmes, hogy én, a Feri, változatlanul ott az ágyon jól felismerhetően, TŐLEM függetlenül. ÉN meg VAGYOK, és valahol máshol járok. Jól el tudtam különíteni a birtokviszonyokat. Az a test ott, ami az ágyon maradt, az a Feri, az ÉN tulajdonom, DE MOST az nem ÉN vagyok! Nem emlékszem „utazásra", csak az eseményre. Tudatában voltam annak, hogy van egy biológiai részem, **ami** van, de azt is tudtam, hogy vagyok ÉN, **aki** van. A következőkben azt érzékeltem, hogy az akkor már két éve közülünk eltávozó barátom, a görög származású Janisz, ott áll előttem. Amikor elment, 52 éves volt. Világéletében szakállat hordott a fején. Szőrös testvérnek hívtam. Most nem tűnt 25 évesnél idősebbnek, és nem volt szakálla. Elsősorban nem láttam rajta, hogy ő az, hanem TUDTAM, hogy ő az.

És itt következik életem addigi legfontosabb párbeszéde:
– Janisz, te élsz? – kérdeztem a váratlan viszont látás megdöbbenésének hangján.
– Miért, te nem élsz? – kérdezte megrökönyödve. – Akkor hogy kerülsz ide?

Ezt nem tette hozzá, de a hangsúlyban ez volt benne. Neki már az odaát jelentette az életet.

Nem beszéltünk többet. Megöleltük egymást és megtapasztaltam azt az érzést, amit a csodálatosan kifejező magyar anyanyelvünkön sem vagyok képes átadni. A szeretetnek egy olyan foka, amihez képest a dombtetőn megtapasztalt eufórikus boldogság érzete eltörpül. A Földön átélhető legnagyobb boldogságérzet és a Túloldalon megtapasztalt lelki gyönyör között akkora a különbség, mint a dombon való kínlódásom és a dombtetőn átélt eufória között.

Már akkor ott, odaát megtudtam, hogy a kínokat és a dombtető csodáját szőröstül-bőröstül alap kontrollérzeteknek élhettem át. Azért, hogy különbséget tudjak tenni a földi, és a túlvilág valóságos szeretetérzése között. Azt hiszem, erre az átélt élményre mondhatnám azt, hogy Gyönyör.

Könnyek között, zokogva találtam magamra az ágyon, és lettem megint teljes jogon Feri. Az a nap utána teljesen kiesett az életemből, estére egy pillanatot sem tudtam belőle visszaidézni.

A további életem a napi megoldandó feladatok és a rám zúduló életterhek megoldása jegyében zajlott. Akadt gondom bőven. Nem maradtam ki az építőipar akkori rákfenéjének tartott „nem fizetjük ki azt, aki a tényleges munkát elvégzi" össznépi társasjátékból. Tönkrement az éppen aktuális vállalkozásom ezen okból, több ízben.

Azt addig is tudtam, hogy az életem érett szakasza nem habostorta, de arra nem számítottam, hogy sokszor keserű is.

De ezt most hagyjuk... ez az írás leginkább a szellemiségről szól.

VI. FEJEZET

Ennek jegyében kezdjük mindjárt azzal, mit gondolok a testről, lélekről és szellemről. Mit jelentenek ezek a szavak, fogalmak számomra. Igyekszem érthetővé tenni, főleg a lélek és a szellem közötti, nem elhanyagolható különbséget.

Tételezzük fel, hogy a test olyan, mint egy számítógép, amiben vannak vezetékek, processzorok, chipek, meghajtómotor, hűtőventilátor, maga a gépház doboza. Ez a hardver. A testben lévő szervek – vesék, máj, lép, szív, tüdő, agy, vérerek, sejtek, szövetek – és a bőrünk, mint borítás, szintén felfogható egy számítógépnek.

A számítógép, ha a gyári szalagról lekerül és bekapcsolják, semmit sem fog csinálni, csak zümmögni.

Miért?

Mert nincs benne a tudás, vagyis a szoftver. Nincs feladata, csak van.

Az emberi test ugyanúgy működik: ha nincs benne a tudás, vagyis maga a lélek, csak gépekhez kötve tud „zümmögni". Tehát a testnek a lélek a szoftverje, az hordozza életfeladatát, vagy úgy is mondhatjuk, a programot.

A szellem pedig nem más, mint az, aki ül a számítógép előtt és kezeli a klaviatúrát.

A szellem a mi felsőbbrendű Önvalónk, részbeni irányítónk. Azért részbeni, mert az általa létrehívott biológiai számítógép korlátozottan ugyan, de rendelkezik önálló akarattal. Azt például eldöntheti önállóan, hogy élete vonatán eltöltött időt a harmadosztályú fapadoson, vagy az első osztályon, a párnáson utazza-e végig. A kettő közötti különbséget az élethez való hozzáállás, az élethelyzetek megélésének módja adja.

Rettegünk és félünk, vagy tanulunk és élünk!?

Ezek életünk nagy kérdései, melyek meghatározzák életünk minőségét. Ebben a kérdésben bizton szabadon dönthetünk.

Ha valami nem érthető a földi világban, forduljunk Hozzá, mármint a saját Felsőbbrendűnkhöz, a szellemünkhöz – aki a

„klaviatúránál ül" – bizalommal. Neki jó kapcsolatai vannak Odafent, információhoz tud jutni és juttatni téged „idelent".

A saját szellemeddel való azonnali kapcsolatteremtés képességét, eggyé válását úgy hívjuk: Megvilágosodás. Tudniillik, ha a szellemedet közvetlenül el tudod érni, folyamatos kapcsolatod van vele, akkor valójában a Teremtővel is „egyenes ági" kapcsolatod létesül. Amikor a mi földi „számítógépünk" elavul, a szellemünk letölti azt a tudást, melyet szoftverünk, vagyis a lelkünk, életünk tapasztalatai során megtanult. Ezt követően a szellemünkben egyesül a korábbi életek tapasztalataival. Jelen testünkben megélt életünk elveszti önazonosságát, de ugyanakkor több lesz azon sok korábbi életünk során megélt tudással, melyet szellemünk, mint a mi egészünk, képvisel.

Amikor a szellem úgy dönt, vagy lehetősége van egy új számítógépet telepíteni, vagyis új testben tapasztalatot szerezni, akkor ezt az új számítógépet/testet új feladattal, programmal, szoftverrel látja el az újraszületés, inkarnáció kapcsán. Ezen program teljesen különbözni fog a korábban megélttől, megtapasztalttól, de a korábban megszerzett minden tudás eszenciája benne foglaltatik. Innét van az, hogy valamit tudunk, vagy hozott képességünk van valamihez, amiről fogalmunk sincs, honnan származik.

A korábban megélt élet, legyen az bármily nagyszerű, semmilyen előnyökkel nem jár a mostani létben. Hiába tudja magáról valaki, hogy ő mekkora király volt valaha, akár több esetben is, lehet, hogy most, mondjuk, kőművesként kell tapasztalatokat szereznie és becsülettel helyt állnia.

Hogy ez teljesen világos legyen:

Szert tettem egy régi, jómódú polgári ház kibontott gerendáira, nagykapujára és zsalugáteres ablakaira. Szorgos munkával konyhabútort teremtettem belőlük. Hiába volt „ő" korábban díszes ablak, továbbá mint az épület jellegének meghatározó bejárati eleme – bár magán hordozza minden korábbi jellegzetességét –, most konyhabútorként kell tovább élnie földi létét.

Nem ragozom tovább ezt a kérdést, de fontosnak tartottam megosztani ezen nézetemet, mert a gondolkodási módomat és cselekedeteimet erősen befolyásolja.

Persze azt hiszem, mondanom sem kell, nem születésemtől fogva bírok ezekkel az ismeretekkel, sőt! Harminchárom éves koromig aki a túlvilági létről, lélekről, szellemekről papolt (ennek a *papolt* szónak merengjünk el egy kicsit a valódi értelmén...), az a szememben kimerítette az elmaradott és hiszékeny fogalmát.

VII. FEJEZET

Sokat, sokfélét olvastam. Főleg a magyar őstörténettel foglalkozók kötöttek le leginkább. Olvasói, érdeklődő szinten és nem kutató-elemző módján fogadtam be az ismereteket. A mindenféle írásos anyag közepette volt egy vissza-visszatérő érzet, hogy valami nincs rendben az időbeliséggel. Nem tudtam pontosan megfogalmazni, mi is az, de erősen foglalkoztatott, és a tudatalattim válaszokat követelt. Mi váltotta ki belőlem a kereső énemet?

Elsősorban az ősi magyar uralkodóház – kezdve Nimróddal – időrendi listája (lásd alant), ahol is fellelhető egy rendellenesség, miszerint Atilla, a Hun birodalom atyja és Álmos, Árpád első felmenője között öt generációnyi idő telt el. Márpedig ha Atilla 453-ban adta vissza lelkét a Teremtőnek, Álmos pedig a nyolcszázas évek elején született, akkor az a kb. 350 esztendő minden, csak nem öt generációnyi idő, mert annak ugye mindössze olyan huszonöt években mérik darabját.

Az első értetlenkedésemtől – ami érezhetően rögzült az elmémben – a tényleges megértésig és egyben bizonyosságig nagyságrendileg tíz év telt el.

Ez az időszak rengeteg olvasással múlogatott, de nem jutottam előre, mindig csak egy keveset. Volt, hogy egy-egy szemléletet zsákutcának hittem, de aztán kiderült, hogy igenis jó okkal olvastam el, mert tisztázott és megerősített valamit.

Ilyen volt például Heribert Illig *Kitalált középkor* című könyve.

Ez a könyv tőmondatokban arról szól, hogy hatszáz és kilencszáz között betoldottak az időszámításunk vonalába háromszáz évnyi időt.

Sok mindenre választ adna, ha így lenne, de ma már határozottan állítom, nem így volt. Ez a határozottságom a könyv olvasásakor nem volt ilyen egyértelműen tetten érhető, mert nagyon logikusak az író érvei. Bizonyítottnak tűnt, hogy az említett korszak idején tényleg szinte minden hamis, vagy valótlan adatokat tartalmaz. Ugyanakkor egész egyszerűen nem vette be a gyomrom, hogy egy ilyen világméretű csalás megállja a helyét több mint másfél évezreden keresztül, és nem leplez ződött le már réges-régen.

Jobb híján azért hajlottam arra, hogy elfogadjam, mert megmagyarázta az Atilla és Álmos születése között fennálló öt generációs anomáliát, de a lelkem ugyanakkor erősen berzenkedett ellene.

Aztán egyszer csak Pesten jártam egy asztrológiai előadáson, ahová egy akkor még nem személyes ismerősöm – azóta jó barátá előlépett – csalogatott el. Az előadók az asztrológiai társadalom vezető személyiségei voltak.

Az egyikük, amikor fellépett az előadói emelvényre, a kezében lévő papírt – radixképletet – lobogtatva közölte, hogy íme, itt a bizonyíték arra, hogy senki nem toldott be éveket sehova. Azt állította, hogy az a képlet az idők kezdete és 0001. december 24-éről szól. Vagyis – mondotta – bizonyítva látja, hogy Jézus ekkor született.

Hozzátette, hogy az idők kezdetét az bizonyítja, hogy minden bolygó a saját házában áll, és azon belül pedig mindegyik a nulladik fokon. Azt mondta még ez az illető, ha megkérnének 10 asztrológust, hogy rajzolják fel az idő kezdetét, akkor a tízből kilencen az égitestek eme rajzolatát jelenítenék meg, a tizedik meg elnézett valamit.

Ezt állította a legismertebb asztrológusok egyike az itt látható asztrológiai rajzolatról.

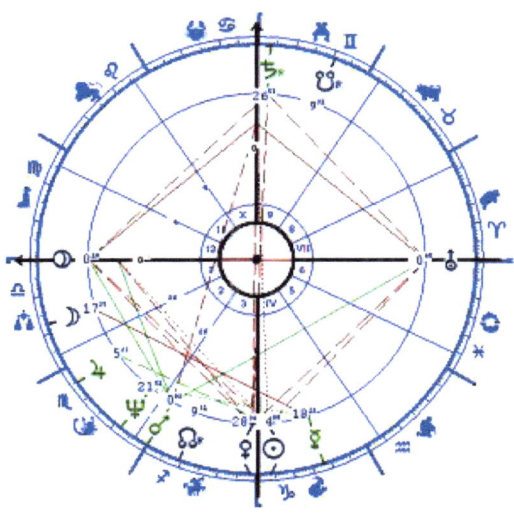

Az Idő kezdete: 0001. december 24. 24 óra 00 perc.

A Plútó Mérleg nulla fokon, az Uránusz pedig Kos nulla fokon, szemben egymással az Aszcendens–Deszcendens tengelyen. A Mars Nyilas nulla fokon van. Az összes tengely az adott csillagjegyek nulla fokán áll. Kos–Mérleg, Bak–Rák kardinális tengelyek is. Ez az időpont pedig 0001. december 24-e, 24 óra 00 perc, vagy december 25-e, 0 óra 00 perc, ahogy tetszik. Látható egy minimális torzulás. Ennek oka, hogy nem mindegy, milyen földrajzi helyszínt választanak egy adott képlethez. Itt Betlehem volt a kiválasztott. Ezek szerint nem ott történtek az események...

Az asztrológia tudomány, nem valami hókuszpókusz, hiszen az égitestek egymáshoz viszonyított, matematikai számításokon nyugvó, mindenkori állapotát rögzíti.

A fenti dátumról pedig azt gondolják, hogy egészen biztosan Jézus születésének időpontja.

Vagy még sem? A továbbiakban kiderül!

59

A Heribert Illig *Kitalált középkor* című könyvében megfogalmazott, betoldott 300 év teóriája számomra egyértelműen megdőlt, beigazolódni láttam a könyvvel kapcsolatos rossz érzésemet.

Ugyanakkor elég nagy megrázkódtatásnak éltem át ezt a tényt, mert olyan jó volt belekapaszkodni Illig és írótársa meglátásába, hiszen a magyar történelem legfőbb vitatott kérdésére, a hun gyökereinkre és annak folyamatosságára itt a Kárpát-hazában, magyarázatot adott. Az egy emberöltő mértéke valóban elfogadhatóra csökkent az elméletük által.

Mi is képezi a vita alapját?

A magyarok őstörténetét feldolgozó Krónika ugyanis azt állítja, hogy Atilla királyunk halálát követően Álmosig öt emberöltőnyi idő telt el.

Ez egy hitelesnek tűnő lista a Turul-dinasztiáról, Noétól Gézáig.

Na már most, e 350 év miatt azt állítja a **Magyar**(?) **Tudományos**(?) **Akadémia**, hogy a Képes Krónika kitaláció, hamis adatokat tartalmaz.

Sajnos ezt lesütött szemmel, kelletlenül valóban tudomásul vettük, mert egy emberöltőt nem 80-hoz közeli években számolunk. Ezért jött jól nekünk magyarázatul az Illig szerint betoldott 300 év, mert úgy tűnt, általa helyére kerültek a dolgok.

Kicsit elkeseredve vettem tudomásul, hogy a fránya horoszkóp által hordozott – általam ideiglenesen tényként elismert – információ miatt még sincs így.

Sehogyan sem akartam elfogadni, hogy a korabeli krónikás szándékosan téves adatokat írjon le, amikor semmi indoka nem volt rá. Legalábbis ép elmével elég nehéz okot találni, vajon mi késztethetett volna valakit az idő tájt arra, hogy egyértelmű butaságokat fogalmazzon meg az utókor számára. Nyilvánvaló, hogy egy adott uralkodó dalnoka igyekszik a saját főnökét, a korszakot, amiben uralkodik, minél szebb színben feltüntetni, de alapvető dolgok elferdítése nem lehetett érdeke. Más egy csata leírása, ami az ellenoldalon teljesen másképp nézhetett ki, de a kronológia miért szenvedett volna el bármilyen csorbát?

Egész egyszerűen nem állt érdekében, hogy valótlanságot állítson. Van ilyen a világban persze, de egy korabeli történetíró munkásságát ne tévesszük össze a szándékos történelemhamisítókkal, akik egy nép, egy nemzet elnyomására, elpusztítására törekedvén hazudoznak összevissza, akár egy komplett új történelmet kitalálva nekik és maguknak.

A radixképletben bemutatott bolygóalakzat és a Krónikában megfogalmazott állítás feloldhatatlan ellentétben, kenetlenül csikorgatta a fogaskerekeket a koponyám által behatárolt térben.

Nem napi szinten, de foglalkoztatott a dolog, mint megoldatlan probléma. Elolvastam minden szemem elé kerülő irodalmat, ami a témával összefüggésben lehetett.

Feltűnt, hogy a mai világunkban is hivatalosnak tekintett dátumozástól eltérően léteznek más, zárt közösségű időszámítási módok. Ilyen többek között a kínai, a perzsa, a buddhista, az etióp, a zsidó, és ilyen az egyiptomi, és az ott élő koptok időszámítása is.

A kopt egyház 284 évvel van lemaradva jelen időnktől. Ők az időszámításuk kezdetét egy bizonyos Márk nevű úriember nevéhez kötik.

Azt mondják, hogy ők onnan számolják az egyet, amikor ez a Márk megalapította a Kopt Egyházat és a vértanúk útjára lépett. Szerintük Márk 30 éves korában alapította meg az egyházukat és ötven éves volt, amikor eltávozott az élők sorából. Az interneten nagyjából ennyi információhoz lehetett hozzáférni. Léteznek más magyarázatok is, de egymásnak ellentmondók, úgyhogy nem lettem tőlük okosabb.

Kutakodásom során felfedeztem, hogy van Budapesten egy kopt közösség, akik hétvégenként egy Szemeretelepen található épületben tarják összejöveteleiket és gyakorolják vallásos életüket.

A kíváncsiság odahajtott. Az ottlévők egyikét, egy harmincas éveit taposó fiatalembert megszólítottam, és szóba elegyedtem vele.

A következőket tudtam meg tőle.

Arról a bizonyos egyházalapító Márkról azt lehet tudni, hogy ő az a Szent Márk, akiről Velencében teret neveztek el, valamint a Biblia négy Evangélistája közül ő az egyik, a legidősebb. Úgy tudni, Jézus kortársa volt, tehát tényleg nem egy jelentéktelen figura.

Hogy is van ez akkor?

Értetlenkedő kérdésemre elmondta, hogy Márk valóban Jézus kortársa volt, nála tizennégy évvel fiatalabb.

Harmincéves volt, amikor megalapította az egyházat – ahonnan az időszámításuk első évét számítják –, majd ötvenéves volt, amikor szörnyethalt. Az emberiség gonosz egyedei – így fogalmazott – lovaskocsi után kötözték és végigvonszolták az utca kövezetén, ahol aztán bekövetkezett szörnyű halála.

Mennie kellett a fiatalembernek a dolgára és ott hagyott kétségek között, mert pont semmit nem értettem...

Összegezzük, tehát mit is mondanak a koptok?

Onnét számítják az idejüket, amikor Márk harmincéves volt, és megalapította az egyházukat.

Ötvenéves volt, amikor elvették az életét, vagyis a vértanúk útjára lépett.

Márk Jézus kortársa volt, nála 14 évvel fiatalabb. Mindezek mellett 284 esztendővel írnak kevesebbet, mint amit jelenleg az emberiség hivatalosan használ. Mit jelent ez?

Ha a 284-ből levesszük azt a harminc évet, amikor Márk megalapította az egyházat, meg azt a tizennégy évet, amennyivel fiatalabb volt Jézusnál, akkor ezen időskálán mérve 240-ben született Jézus, ez idáig logikus, csak rájöttem, hogy hibádzik. Mégpedig ott, hogy bármennyire is úgy hiszik a koptok, hogy ők onnét számítják az egyet, amikor megalakult a kopt egyház, ez lehetetlen. Azért, mert a középkorban nem úgy működtek a dolgok, hogy összeült néhány ember, csináltak egy valamilyen társasági szerződést, ledátumozták, aztán beadták a cégbíróságra. Márpedig ha nem így volt, akkor nincs egy fix időpont, amihez a kiinduló dátumot kötni lehet. Nézzünk egy példát!

Tételezzük fel, hogy én egy viszonylag ismert spirituális tanító vagyok és megalapítom a Világ Világossága hangzatos nevű egyházat, bejegyezve a cégbíróságon, ledátumozva a dolgok rendje szerint, és ezzel szervezetileg is a spiritualitás útjára lép a társaság.

Sokak tiszteletét elnyerve tanítom a nemzetet ősiségünkre, és megvilágítom a Teremtés rejtett ösvényeit. Tiszteletre méltó cselekedetnek tartják a követők. Ha a napjainkban úgy hozná a sors, hogy jobblétre szenderülnék és elhagynám a közösséget, lehet, hogy emlékemet jó szívvel megőriznék, de minden bizonnyal ez a sajnálatos esemény nem jelentené egy új időszámítás kezdetét.

Ehelyett tételezzük fel, hogy egy elkövetkező szép napon sok ezer főt számláló hallgatóság előtt előadást tartok, majd hirtelen felindulástól vezéreltetve ragyogó fénypalástba burkolódzva, lassan, méltóságteljesen lebegve felemelkedem a földről. A látóhatáron éppen alászálló Nap koronájának gyengéden ragyogó fénye megtörik pirospozsgás arcomon. Eközben a szememből alágördülő könnycseppjeim a földet érve csodásan csilingelő gyémántokká válnak. Előveszem hófehér selyemkeszkenőmet, és lágy mozdulatokkal, barátságos mosollyal istenhozzádot intek a megrökönyödött híveknek, majd kozmikus sebességre kapcsolva a jelenlévő szemtanúk őszinte csodálatára, fényözönt húzva magam után az örökkévaló részévé válok.

Másnap a hatalmi rendszer kézében lévő, fősodratú írott és elektronikus média rövid hírben számol be az eseményről: „OFA szektavezér a jócskán felhalmozódott adósságai miatt a felelősségre vonás elől menekülve ismeretlen helyre távozott" A jelenlévők, az átélt élmények lenyűgöző hatása alól meg nem szabadulva, a múló időt a következő képpen élik meg.

„Az unokám abban az évben született, amikor Tanítónk a szemünk láttára a mennybe ment."

„Hét évre rá házasodtam, hogy az isteni tulajdonsággal megáldott OFA emlékezetes módon elhagyott bennünket."

„Milyen fiatalok voltunk még ötven évvel ezelőtt, amikor OFA a jelenlétünkben tért meg az Atya lábaihoz!"

Senki sem fogja a Világ Világossága Egyház megalapításától mérni az időt, már csak azért sem, mert a nép egyszerű gyermekének fogalma sem lenne erről az időpontról.

A fenti példázat alapján azt bátorkodom állítani, hogy amikor Szent Márkot a nép szeme láttára végigvonszolták az utca kövezetén – nyilvánvalóan megrázó, emlékezetes napot szerezve a szemtanúknak – és szörnyhalált halt, akkor vált mártírrá, vagyis lépett a vértanúk útjára, ahogyan azt a kopt fiatalember megfogalmazta. Addig „csak" tanító volt. A koptok időszámításának kezdete Márk vértanúk útjára lépésének napja, vagyis amikor 50 éves volt és nem az egyházának alapítási ideje, amikor a 30. életévében járt. Ekkor csak elkezdhetett tanítani.

Vértanúvá a halála pillanatában válik valaki, amihez pontosan köthető egy kezdet, míg egy szervezet megalakítása egy folyamat, ahhoz kevésbé vagy egyáltalán nem. A kitalált példázaton keresztül gondolom azt, hogy Márk halála napjától indult a kopt időszámítás, és nem az egyházának alapításától. Akkor hogy történt?

Bizony ez a Márk húsz éven keresztül tanított, mégpedig nem ostobaságokat, mert a nép megszerette, a másik „brigád" pedig pont ezért meggyűlölte és elpusztította.

Halálának időpontja viszont pontosan meghatározott. Ehhez már köthető egy kiinduló dátum, ráadásul megelőzte egy húsz éven keresztül tartó munkásság, egy elismert, követendő életút. Tehát nem harminc-, hanem ötvenéves volt, amikortól a koptok a nulla-nulla-együket számolják. Ha ehhez az ötvenhez adjuk hozzá azt a tizennégy évet, amennyivel Márk fiatalabb volt Jézusnál, akkor a 284-ből levonjuk az ötvenet és a tizennégyet akkor azt kapjuk, hogy Jézus a mostani időskálánkon mért 220-ban született.

A Koptok szempontjából nincs jelentősége, hogy az ő idejük mikor kezdett el ketyegni. Ők valamitől számítva ma mínusz 284-ben járnak a világ egészéhez mérve.

Az alábbi feltételezésből indultam ki, amely aztán idővel bizonysággá vált.

Ha az asztrológus képlet szerint valaki megszületett 001. december 24-én, vagyis a téli napforduló idején, a legnagyobb sötétségben, és Ő vitathatatlanul a jelenlegi világ Ura, akkor ki és pontosan mikor született 220-ban?

Úgy gondoltam, hogy ha a legnagyobb sötétségben a Sötétség Ura született, akkor a Világosság Urának a legnagyobb fényben, vagyis a nyári Napforduló idején kell megszületnie, vagyis június 21-én.

Ezen elmélet alapján felállítottam a következő képletet. (Mindezt „séróból", logikai úton. Vagyis eddig semmi sem biztos, legfeljebb valószínű.)

001. december 24-én megszületik jelen világunk ura, akit Fényhozónak ismernek, és aki nem más, mint Lucifer. Senki nem hibázik, úgy vélem, ha ezt az illetőt valaki lesátánozza.

220. június 21-én pedig megszületik a Fényesség Ura.

Éreztem, hogy az irány jó, de valami hiányzott, mégpedig a bizonyosság.

Reggelenként, mielőtt bármihez hozzáfognék, leülök egy félórára, kiüresítem az elmémet. Ez az állapot, amikor a Felsőbbrendűmmel igyekszem kapcsolatba lenni. Előbb vagy utóbb azokra a kérdésekre érkezik válasz, amelyek az ember gondolatait leginkább foglalkoztatják.

Persze igen nagy türelem és kitartás szükségeltetik, mert van, hogy hónapok, akár évek is eltelnek egy-egy válaszig. Amikor jön valami érdemleges, az viszont összetéveszthetetlen módon, elemi erővel érkezik.

Az én kérdésem a 220-as év helyességére vonatkozott. Idővel, valamelyik reggel a csendbe belehasított a válasz: 222 év a pontos évszám.

Vagyis a Mi Urunk születési ideje 222. 06. 21. Ez a szám misztika szabályai szerint kifejezve 2+2+2=6, 06=6, 2+1=3

663

Amikor először leírtam ezt a számot, valami egészen elképesztő érzés járt át. Akkor éreztem ezt először. Semmihez nem fogható, határozott és jól felismerhető kellemes érzet.

Tudtam, hogy az út jó, még akkor is, ha semmit nem értettem belőle, vagy legalábbis nem sokat.

További segítséget kértem a megértéshez. Tudtam, hogy a 663 egy kód, csak nem tudtam, mit takar, mit is jelent valójában.

A továbblépés mindig időbe telt. Többnyire hetekbe, hónapokba, vagy mint a hogyan azt az imént jeleztem, akár évekbe is.

A kérdés – más egyebek mellett persze – folyamatosan foglalkoztatott. Míg egyszer csak a korábban megismert kellemes érzettel párosulva beúszott a szemem elé egy számsor, vizuálisan érzékeltem azt.

Íme, a számsor:

6 5 4 3 2 1

Rögvest papírra vetettem, nem mintha túl bonyolult lett volna.

Nesze, Feri, mondtam magamban. *Itt van, megkaptad.*

Azt ugye elsőre láttam, hogy hatossal kezdődik, 6 számjegyből áll. Az összértéke 21, azaz 2+1=3

Hatos, hatos és hármas – visszaköszönt megint. De mit kezdjek vele? Azt felfogtam, hogy nem véletlenül kaptam, és azt is, hogy tökéletesen illik a korábban megkezdett útra.

Telt-múlt az idő, míg egyszer csak jött megint az érzet, vele a felismerés.

A számsor nem más, mint 654.321 nap.

Azonnal utánanéztem a szökőév számítási szabályának. Azt pontosan alkalmazva 222 év 06 hónap 21 napjához hozzáadtam 654.321 napot.

Az eredmény 2013. 11. 13.

2+0+1+3=6

1+1=2

1+3=4

2+4=6

6+6=12, 12=1+2=3

A 663 megint ott van, még ha kicsit nyögvenyelősen is, de ott van...

Ha teljes bizonyosságot nem is adott, de abban feltétlen megerősített, hogy az út változatlanul helyes.

Volt/van egy barátom, akinek elég jó képességei voltak/vannak a Túlra való „áthallásra". Elmondtam neki a történteket, amire jutottam. Azt mondta, van neki egy ismerőse, aki szintén rendelkezik bizonyos képességekkel, de ő inkább képekben kap információt.

Elmentünk ehhez az asszonykához, neki is elmondtam, mik jöttek az évek alatt. Meghallgatott, majd az volt a javaslata, menjünk el a Pilisbe, Szentlászlóra. Ismer ott egy tiszta helyet, kérdezzük meg az Égieket.

Útra keltünk. Tényleg egy tiszta, bár elhanyagolt dombra irányított bennünket. Gyertyát gyújtottunk, megálltunk egymás mellett a belsőnkre figyelve, tudatunkat a kérdésre irányítva. Hosszan álldogáltunk ott csendben, némán. Nekem nem jött semmi, amire érdemes lenne szót vesztegetni, de aztán kiderült, az asszonykáknak sem. Becsületükre legyen mondva, nem kezdtek el kamu szövegekkel kábítani, elismerték, hogy nem kaptak információt.

Szabadkoztak, hogy nem tudtak segíteni. Azt mondta az egyikük, ne menjünk el dolgunk végezetlenül, van nála kártya, húzzunk belőle, lássuk, mit üzennek a lapok. Elővette, megkeverte és kiterítette, természetesen színükkel lefelé. Egy pakli rúnakártya volt, melynek szimbólumai kísértetiesen hasonlítanak a rovás betűihez, ezen kívül minden kártyának van egy saját száma. Az egyikük húzott, először a 24-est. Én a hatost, a másik aszszonyka a hármast.

24 (2+4=6), 6, 3.

Ugye emlékszünk, 11.13 (2+4, azaz 24)? Még a sorrend is stimmelt. Amikor megláttam a harmadik kihúzott kártyán a hármas számot, elkezdett velem forogni a világ. Ennyi egybeesés nem lehet véletlen. Kizárt. Számomra bizonysággá vált, hogy a Mi Urunk születési dátuma 222. 06. 21. Ezután évekig nem beszéltem erről senkinek, csak olvastam, kerestem, kutattam, mi is történt a kétszázas években.

Ilyen megállapításokat találtam:

– A kétszázas éveket megelőzően nem voltak vallások.

– Az idő tájt vízzel avatták be az embereket. Mondanám, hogy keresztelkedtek, de értelmezhetetlen lenne itt ez a kifejezés, pont az időbeliség végett.

– A torinói lepel valójában egy III. századi hamisítvány.

A korszak meghatározó figurája egy Máni nevű ember volt, akinek nevéből származik a manicheizmus, más néven a szeretet vallása. A mostani információk alapján 216-ban született, amit ilyen történelmi távlatban elhanyagolhatónak érzek a 222-höz képest. Bármiből adódhat néhány év eltérés. Máni több könyvet írt, többek között a Szeretet könyve és a Titkok könyve címűeket. Az eredeti művekből semmi nem maradt fent, legalábbis úgy tudni, csak a perzsára fordított változata, töredékes formában.

A kortárs írók feljegyzéseiből maradt ránk azon ismeretanyag, miszerint Máni pártus hercegi család sarja volt mind anyai, mind apai ágon, és egyik tanítványát Jézusnak hívták. Ennek a Jézus nevű nagy tanítónak a sírja a mai Kashmír területén található. Ott hunyt el, százhárom éves korában.

Mánit a korabeli feljegyzések alapján keresztre feszítették, majd még életében levették és elevenen megnyúzták.

Milyen érdekes egybeesések.

Vízzel kereszteltek, keresztre feszítés, a szeretet, a fény vallása, és egy Jézus nevű tanító.

Ezekből az egybeesésekből nekem összeállt egy kép. A Mi Urunkat úgy hívták, hogy Máni. Mi, magyarok az Ő életéből vett eseménytől, születésétől számítottuk az első évünket. Nem kizárt, hogy a betlehemi csillag-együttállás jelenségét – melyet a Három Királyok követtek – ebben az évben meg lehet találni.

Ez azt jelenti, hogy ha a 222-es évet rávetítjük a jelenlegi időskálára, ahhoz adjuk hozzá Atilla halálának 453-as dátumát, az 675, ami Álmos születésének időpontjától nagyjából csak 125 évre van, ami pont öt generáció ideje, vagyis a Képes Krónika állítása igaz és hiteles!

Az ötszázas évek végén, a hatszázas évek elején élt egy pápa I. Gergely néven. Ő volt az, aki uralkodása idején felszabadította zsidókat a városokba való belépés tilalma alól és róla írták azt, hogy pénzért adta a feloldozást. Aki tudott neki pénzt adni, az a mennybe megy, aki nem, az a pokolra kerül, állította.

Hab a tortán, hogy a későbbiekben szentté avatták.

Vajon melyik nép befolyása következtében? Nem nehéz kitalálni...

Nézzünk csak körbe a nagyvilágban akkortájt.

Ahány ház, annyi szokás, tartja az ősi mondás. Egészen biztos, hogy ez igaz volt az időmérés módjára is. Az egyik helyi uralkodó a saját születése napjától eredeztette az időt, a másik trónra lépésének napjától, a harmadik lehet, hogy az első spontán magömlésétől számította. Nem tudhatjuk igazán...

Az írott emlékeket valószínűleg ezek szerint is dátumozták, tehát minden bizonnyal nagy volt a káosz. Azért sarkítom ki ennyire, hogy érzékeltetni tudjam az időszámítás vagylagosságát. Ha belegondolunk, mindenkinek lehet saját időszámítása. Például mérhetjük az időt így is: legénykoromban, házasságomat megelőzően, vagy utána ennyi és ennyi évvel.

Kinek állt módjában a múltban úgymond rendet tenni, egységesíteni az időszámítást?

Mit mondanak az elérhető hivatalos iratok?

A nagy népvándorlásoknak nevezett időszak közepén, száz évvel Atilla halála után született, majd jelen időskálán 604-ben halt meg I. Gergely, vagy más néven Nagy Szent Gergely. Igen jelentős személyisége volt korának, ami megnevezéséből is kitűnik. Az ő nevéhez kapcsolják az egyház megreformálását, és ahogy a vonatkozó írások arra utalnak, a világ felépítésének módozatára is hatással volt. 590-től élete végéig, 604-ben bekövetkezett haláláig a római egyház fejeként, vagyis pápai minőségben uralkodott. A számára nem tetsző püspököket leváltva, azokat az ő elvárásainak megfelelő módon szolgálókkal helyettesítve, erős kézzel irányította korának vallási életét.

Nagy Szent Gergely pápa minden befolyását latba vetve elérte a császárnál, hogy a zsidóság minden tekintetben megkapja azokat a jogokat, melyet addig az emberiség egésze – rajtuk kívül – gyakorolt.

Felmerül a kérdés, vajon mivégett volt ez a nagy buzgalom irányukba? Lehet, hogy vér szerinti érdekek játszottak a pápánál szerepet? Vajon addig miért gondolták úgy az emberek, hogy az életük jobb a zsidók nélkül, mint velük együtt? Miért vettetett ennek véget a nagyhatalmú pápa?

Miért fontos ez az időszámítás szempontjából?

Nagy Gergely pápa felismerhette a korabeli káoszt az időszámítás terén és elhatározta, hogy rendet tesz. (Akár sokszor tíz, vagy még ennél is több helyi időszámítás működhetett.) Tehette, mert akarata, hatalma, tehetsége megvolt hozzá. A kérdés az volt, mi legyen az időszámítás alapja.

A papok, mint a történelem során bármikor, nagyon képzettek voltak a tudományok terén. Tökéletesen tisztában voltak a csillagok járásával, és rendelkeztek a horoszkópkészítés és annak értelmezésének képességével. Azt állítom én, nem dokumentumok alapján, hanem a kútfejemből merítve (bár jó lenne a Vatikán irattárában kutakodni), hogy Nagy Gergely is ismerhette az idők kezdetére vonatkozó bolygókonstelláció képletét, amihez igazította az időt.

Kijelenthette a maga tudásából vagy a tanácsadóira hallgatva – aki „bárki" lehetett –, hogy ettől a pillanattól – és ez szerintem a 600-as év december 25-e, 0 óra 00 percre vonatkozott –, bekövetkezett a 600-as esztendő, mindenki ehhez tartsa magát. Mit is csinált I. Gergely pápa ekkor ténylegesen? Elindított visszamenőleg egy órát, egy rendkívüli kozmikus eseményhez – bolygó-együttállás – kötve annak startját, azzal az üzenettel, hogy ez az Úr születésének a napja.

Majd kiderül, lehet, hogy nem is hazudott. A kérdés az, minek, vagy kinek az Ura? Szeretném ismét kihangsúlyozni ezzel a Bibliából származó idézettel az Úr és a Mi Urunk közötti különbözőséget. „Ti az Ördög Atyától valók vagytok..." (János 8.44) Most képzeljük bele magunkat egy kódexmásoló helyébe. A 600-as évhez képest 1000-et írunk 400 évvel később. Az illető a kezébe kap egy dokumentumot, hogy másolja azt át. Ebben azt olvassa, hogy Atilla, a Hunok királya 453-ban halt meg. Teljes joggal úgy véli, hogy azóta eltelt 547 esztendő, és ennek szellemében látja el jegyzettel az általa leírtakat. Valójában csak 325 az eltelt évek száma. Gondoljunk bele! Nem tud különbséget tenni annyi év távlatából, észre sem veszi a rendellenességet.

Ez annyit jelent, hogy Illigék betoldott 300 éve helyett a Mi Urunk valós születésének időpontját helyezték korábbra – szerintem – 222 évvel. Az idők folyamán így alakult, vagy úgy alakították szándékosan, hogy ez az időpont váljék a Jézus nevezetű tanító születésének az időpontjává a köztudatban!

Felhívom a figyelmet, hogy „ez a" Gergely pápa nem keverendő össze XIII. Gergely pápával, aki – milyen érdekes, éppen ezer évvel később élt, és szintén naptárral foglalkozott – lerakta a napjainkban használatos „Gergely-naptár" alapjait.

Tudom, még mindig nem érthető, mi is a legfőbb bajom ezzel az időszámítással. Néhány mondat után, reményeim szerint, világossá válik.

A mi világunk egy duális világrendszer. Mindennek megvan az ellentétpárja, a jónak a rossz, a fehérnek a fekete, a magasságnak a mélység, a fénynek a sötétség stb. Ebből azt a következtetést vonom le, hogy ha van Fény Gyermeke, ezen az alapon kell lennie a Sötétség Gyermekének is. Logikai úton el tudnám azt fogadni, hogy a Fény Gyermeke a legnagyobb sötétség idején, vagyis a jelenleg Karácsonynak nevezett napon szülessék. De akkor mikor születhet meg a Sötétség gyermeke? Netán a legnagyobb Fényben? Kizárt!

Ezért aztán a következőt állítom:

A Fény Gyermeke az évkör leghosszabb napján, vagyis nyáron születik. Az én olvasatomban a jelenlegi idővonalon mért 222 év június 21-én. Magam részéről egyáltalán nem leszek meglepve, ha ekkor megtalálják az eddig keresett „betlehemi csillagot". Mánit, a nagy spirituális tanítót több írás is Jézus kortársának, mi több, Jézus tanítójának tarja. Persze ez az állítás leginkább a koptoknál érhető tetten.

Szerintem a Sötétség Gyermeke az évkör legrövidebb napjai egyikén jön a világra, vagyis ez éppen lehet december 24 éjfél is. (December 21-től 24-ig ugyanis egy másodpercet sem hosszabbodnak a nappalok. Mintha megállna ekkor az idő.) Ekkor születik meg a Sötétség Gyermeke – másnaptól kap erőre a nap, és kezdenek rövidülni a sötétség órái a mindennapokban –, Ő nem más, mint LUCIFER, vagy más néven a Fényhozó, az Úr, vagy maga a Sátán, az anyagi javak, a pénz által befolyásolt világ, a Föld jelenlegi Ura! Őt ünnepeltetik velünk Karácsonykor évszázadok óta!

A fenti teória alapján is megállja a helyét Illig jónéhány – évszám-zavarból fakadó – történelmi rendellenességre vonatkozó észrevétele, azzal a különbséggel, hogy a nehezen fenntartható időbetoldásos összeesküvés-elméletére alapozott meglátásai egy nagyon egyszerű és életszerű dologgal, a korábban leírtakkal valóban megmagyarázhatók. Minden bizonnyal akadtak olyan felkészült csirkefogók a múltban, akik észrevették a kettősséget, és ki is használták azt saját érdekükben, ahogyan Illig rámutatott. Ők különbséget tudtak tenni az Urunk (Máni) megtestesülésétől számított idő, és az Úr (Lucifer) megszületése között meglévő időbeli eltérés között, egyben magyarázatot kapunk arra is, miért volt annyira fontos a hunokat és elődeiket barbár, istentelen, kulturálatlan pogányoknak beállítani, olyanoknak, akiknek Istenhez semmi közük, nemhogy még a Föld más Gyermekeinek tanítói legyenek.

Kétségem sincs afelől, hogy ezzel az állításommal megsértem a judeokeresztény egyház érdekeit és magamra vonom annak minden dühét. Mielőtt azonban nekem esnének, jó lenne, ha valós(!) magyarázatot tudnának adni arra vonatkozóan, hogy a katolikus egyház megalapítójának tartott Péter, őszerintük Szent Péter – aki háromszor tagadta meg a Biblia szerint Jézust –, miért fejjel lefelé halt meg a keresztjén? Vagy nem is fejjel lefelé lógott a feszületen, hanem egy fejjel lefelé álló keresztre volt ráfeszítve, az ő Ura tiszteletére? Ugye, nem mindegy? Figyeljük meg, hogy a hívők többsége hogy veti magára a keresztet. Először a homloka közepét, majd a gyomorszája környékét, majd az egyik és a másik mellét. Szabályos feszületet rajzolva így magára, a gond „csupán" annyi, hogy ez egy szabályos fordított kereszt. Mágia a javából, mégpedig erőst fekete! Vajon miért?

Hogy is van az, hogy a Saul rabbiból lett Pállal a soraiban – persze csakis a „szeretet hatalma" által – megalakult a világ egyik legnagyobb – ha nem a legnagyobb – pénzügyi hatalma? A keresztes háborúk tényleg a hit terjedését szolgálták – erőszakos jellege nem kétséges –, vagy a haszon szerzését, vagy a terjeszkedését? A befolyás erősítését, aminek következtében a Vatikán a világ pénzügyileg pazarlóan dúsgazdag meghatározó szervezetévé nőtt?

Természetesen mindezt a „szeretet", Krisztus nevében...

Azért nem árt, ha körbenézünk egy kicsit ezúttal a saját házunk táján is. Milyen napjainkban egy átlagos karácsonyi ünnep? Talán az is beszédes lesz egy kissé.

Hallottunk már a karácsonyi, egymást lökdöső tumultusról, bevásárlási őrületről?

Hallottunk már az „ünnepi" vacsorát megelőző „jaj, csak mindennel kész és rendben meglegyek időben" megfelelési kényszer okozta stresszről, az ehhez párosuló családi veszekedésekről?

A karácsonyfa beszerzésével, felállításával, díszítésével összefüggő vitákról, majd esetleg az ezt követő kedvetlen, feszült asztalhoz ülésről?

Hallottunk már az eszeveszett, erőn felüli – borzalom, hitelből való – karácsonyi, többnyire a szórakoztató elektronika legújabb vívmányaiban megtestesülő nagyberuházásokról? Van tudomásunk az év végén különösen szárnyra kapó kereskedői szellemről, a megélénkülő kufárvilágról? Ugyanakkor vettünk már részt egy nyári napfordulón tartott tűzszertartáson, amikor egymást nem is biztos, hogy ismerő emberek ölelkeznek össze – elfeledve legalább egy rövid időre mindennapi kínjaikat, gyötrelmeiket – szeretetben, békében, boldogságban?

Nagy valószínűséggel a tényleges időszámítás csak hatszázban kezdődött. A történelemírás is innét származtatható, mégpedig visszafelé viszonyítás alapján, valamint a rendelkezésre álló silány iratanyagból.

És itt van igazuk Illigéknek, hogy hatszáz és kilencszáz között gyakorlatilag minden hamisítvány. Ez abból fakad, hogy volt egy pontos, tényeken alapuló történetírás a magyarok által az ő együktől indíttatva, ahol a jelenlegi 222 az a mostani skála szerint egy, és egy másik a mostani skálán 001. december 24-ig visszaszármaztatva az Úr születésének idejére.

A magyarok krónikájában szereplő 5-600-as esztendők a most használt időszámítás szerint a 7-800-as éveknek felelnek meg. Mitől ne tűnne minden hamisnak, amikor ugyanazon esemény leírásához két különböző forrás különböző dátumokat ad?

Ezen meglátásaimról nem beszéltem senkinek évekig. Aztán egyszer egy ismerősöm meghívott egy ebédre. Ottlétünk során neki beszéltem ezekről a dolgokról teljes egészében először.

Beszéltem neki Mániról, mint a Fény, a Szeretet Vallásának atyjáról; Luciferről, aki szerintem a most megélt világunk Ura, valamint a Világ Világosságáról, aki az igazi Krisztus.

Kifejtettem azon nézetemet, hogy szerintem a Bibliát Máni munkássága nyomán szerkesztették a niceai zsinaton, és ebből fakadóan a szeplőtelen fogantatás és a harmadnapra való feltámadás nem más, mint tömegeket tudatlanságban tartó manipulatív legenda.

Ekkor furcsa dolog történt.

Ott, az étkezőasztalnál ülve eleredt az orrom vére. Utoljára gyerekkoromban vérzett és azóta, évek múltával sem. Annyira vérzett, hogy a személyzetnek is feltűnt. Elláttak bőven szalvétával, legyen mivel törölgetni magam, mert már az összes nálunk lévő papír zsebkendőt elhasználtam. Végre elállt. Kimentem a mosdóba rendbe szedni magam.

Amikor visszaértem, ismerősöm ott ült a helyén megkövülten, halottsápadtan. Megkérdeztem tőle mi a baja. Netán nem bírja a vér látványát?

Azt mondta elfúló hangon:

„Feri, az én autóm rendszáma 663." Hát, azt hiszem, elfehéredtem én is. Hirtelen leesett, miért ő volt az, akinek először beszéltem a majd' tíz esztendőt felölelő felismeréseimről.

Azt mondta, menjek utána, van neki otthon két könyve Mániról, nekem adja. Fizetett, kimentünk az autóinkhoz. Megvártam, amíg elém kanyarodik és követtem. Nem mentünk meszszire, de nem tudom, hogy értünk oda. Nem tudtam levenni a szemem a rendszámáról és könnybe lábadtak a szemeim, mert megértettem a 663 számok által hozott kódot.

Az előttem haladó autó rendszáma MLK 663 volt.

Vagyis

M áni,

L ucifer

K risztus

663

6 Fény (Máni)

6 Sötétség (Lucifer)

3 Világosság (Krisztus)

6+6=12

12= 1+2=3

Lehet hitetlenkedni természetesen, de valóban reálisnak tűnik, hogy ennyi minden logikus sorrendben legyen, ha ennek nincs valóságalapja?

És itt nem csak logikáról van szó. Ez alatt a tíz év alatt minden Fentről jött látomás/hallomás értelmezése kivétel nélkül minden esetben megjelent a fizikai világban.

A Fény a Világosságból ered, de a Fény a világunkban csak az árnyékkal, a Sötétséggel együtt létezik. Nem véletlenül tisztelték őseink a Napot. A Világ Világosságát, vagyis magát Krisztust látták benne! Szeretném hangsúlyossá tenni, hogy nem Napimádók voltak, hanem a Fény eredőjét, a Szellemi Napot, vagyis a Világ Világosságát tisztelték. Magyarul a Krisztust, akinek semmi köze nem volt a Jézus Krisztus néven híressé tett mesevilághoz.

Nagyon súlyos dolgok, amiket megéltem, megértettem és papírra vetettem. Olyannyira, hogy a sarkaiból kellene kiforgatnia a világot, és helyre tennie sok mindent.

Igaz lehet mindez?

Döntse el mindenki saját maga!

VIII. FEJEZET

Elmesélem még egy spirituális élményemet, amely a perui dzsungelben talált rám a *kis halál*nak nevezett – ayahuasca – beavatás során. Csendesen leszállt a korai est az egyenlítői dzsungelbe. Szűnni nem akaró hangzavar töltötte be a nap huszonnégy órájában a környéket. Valami négylábúnak vagy kétlábúnak, tollal vagy bőrrel takart testűnek, hideg vagy melegvérűnek mindig akadt közölnivalója a közvetlen vagy a távolabbi környezetével. Soha nem suttogva. Csak és kizárólag harsogva, ordítva, üvöltve, süvöltve, tülkölve, vonyítva, rikácsolva, visítva, sikítva. Meggyújtottuk a tüzet. Köré álltuk. Olyan távolságra a tűztől, hogy a szertartás vezető sámán anélkül körbe tudja táncolni, ugrálni, hadonászva énekelni, hogy maga lángra ne kapjon.

Időnként felnézett a megszámlálhatatlanul sok csillaggal ragyogó égre.

Több ízben megállapította, hogy nincs még itt az ideje, majd folytatta a korábban már megtapasztalt, olyan „sámános" egyéni műsorát.

Egyszer csak elérkezettnek találta az időt, mert az élre állt. Testületileg bevonultunk egy közösségi esemény részére kialakított zárt helyiségbe. A sámán egyik segítője egy perui jellegzetességet, egy speciális, kifejezetten e célra termelt tökből készült csörgőt rázott, míg a másik egy másféle zajkeltő eszközzel vacakolt.

És pillanatok alatt utolért valami. Nem a halál, az biztos. Érzékszerveim hatékonysága – a fülemé mindenképpen – feljavult. Hallóképességem megsokszorozódott és kiterjedt. Egyszerre hallottam(?) vagy csak érzékeltem(?) a dzsungelben élő valamennyi állatot. Külön-külön számtalan hangot voltam képes elkülöníteni, regisztrálni, és beazonosítani egyszerre. Még az olyan elképzelhetetlenül halk hangokat is, mint amilyet egy csúszómászó súrlódó teste vált ki. Ugyanúgy érzékeltem a szú percegését, mint a kistestű emlős halk cincogását. Ehhez az információhoz szorosan hozzátartozik, hogy az egyik fülemre gyerekkorom óta süket vagyok.

Mint ahogy az korábban is előfordult már velem, leváltam a testemtől. A tulajdonviszonyok, hogy kinek mi a mije, kinek a teste a kicsodáé, megint csak egyértelművé vált. Az, ott a földön a Ferkó, aki nem Én vagyok. A teste az Enyém és nem Én vagyok a testemé. Nem fordítottam különösebb gondot a birtokviszonyok és a ki kicsoda analizálására, mert részben már tisztában voltam vele, részben pedig fontosabb eseményeknek voltam részese.

Másztam felfelé egy nehezen leküzdhető falon, vagy éppen egy meredek domboldalon. A magaslat felé vezető úton ismerős emberek húztak felfelé magukkal. Egyik maga a sámán, a másik az egyik segítője.

Tudtam, hogy a magaslatra kell eljutnom, mert ott acél, ott a végállomás.

A segítőim jóval magasabban voltak nálam. Húztak-vontak, de minduntalan velük együtt vissza-visszacsúsztam. Próbáltak nélkülem is haladni, de egy bizonyos ponton túl mintha megrekedtek volna. Sőt egy helyen, ahol elkanyarodott a nemlétező ösvény, mintha nem is a csúcs irányába haladtunk volna. Ők eltűntek oldalirányba. Semmiképp nem akartam arra menni. Megpróbálkoztam, hogy egyedül török a tető felé, de nem ment. Kézzelfoghatóan, megtestesülve, megszemélyesítve visszafogtak a vágyak. Sóvárgás az anyagi jólét után. Vágyakozás a hírnév, az elismertség iránt. Az érzékek kielégítésére irányuló engesztelhetetlen törekvésem volt a harmadik nemkívánatos útitársam.

Ezek a vágyak egyszerűen megfogták a lábam és húztak-vontak visszafelé. Hadakoztam velük, mindhiába. Évezredeknek éreztem azt az időt, amit eredménytelenül szenvedtem, küszködtem, hogy célomat elérjem, végül teljesen eredménytelenül. Visszasüllyedtem a sárba, a mocsárba.

Éktelen hangzavar keletkezett. A dob is, a csörgő is rákapcsolt. Kinyitottam a szemem. Csikorgott a fogam a dühtől, a méregtől. Odamentem a sámánhoz, hogy mi volt ez? Miért hagytatok ott? Miért nem mutattad meg a kivezető utat? Meg sem fordult a fejemben, hogy nem tudja, miről beszélek.

– Megértetted, hogy rab vagy a testedben?

– Meg – makogtam értetlenül.

– Akkor menj ki, intézd el a dolgodat, nincs vége!

Elindultam kifelé, bár nem tudtam, mi a dolgom. Nem értem el az ajtóig és megtudtam. Olyan elementáris erővel tört rám a hányinger, mint még soha az életemben. Talán egyáltalán nem is hánytam még azt megelőzően soha.

Az épületbe egy kis híd vezetett, áthidalva egy viszonylag széles és mély árkot. A bejárat előtt tornác szaladt a házon körbe, magas fakorláttal védve a mélységtől az óvatlan arra járót. Éppen elértem a korlátot és kizúdult belőlem. A mi is? Két napja semmit nem ettem. Az az egy-másfél decire való gyógyital, amit a szertartás előtt megittam az ügy érdekében volt az, ami elméletileg kijöhetett volna belőlem. De nem. Három vagy négy alkalommal tele sugárral dőlt ki belőlem a belsőm tartalma.

A többi sorstársam is így járt. Sorban álltunk a korlátnál, és mindenki próbálta a teljes belső berendezését a korláton túli, több méter mély és sok méter hosszú árokba kihelyezni. De nem ám akárhogy. Önkéntelenül ordítva, artikulálatlanul üvöltve, mintha kötelező lenne. Gondoltam, ha ez ilyen intenzitással folytatódik, nem lesz elég az árok befogadóképessége.

Végre megtisztultam. Ténylegesen. Fizikailag átéltem a tisztaság fogalmát. Együtt járt a légies könnyedséggel. Ugyanakkor semmilyen kábulat vagy oda nem illő, soha nem tapasztalt érzés nem fogott el. A fejem tiszta, éles logikájú gondolkodásra volt képes.

Visszatelepedtem korábbi helyemre. A sámán sürgetően biztatta a többieket, hogy tegyenek hasonlóképpen.

Megint megszólalt a zenei aláfestés. Mintha a dob valahonnét nagyon messziről szólt volna.

Békés, nyugalmas, barátságos, és időtlenül idilli időszak vett körül. Megint csak elvált az Énem a Ferkótól. A korábbi, zaklatott, fuldokló küszködő állapot helyett egy könnyedén haladós, lebegő, folyamatosan magasra törő létben éreztem magam. Ugyanarra a helyre kerültem, ahol a korábbi helyen elváltak útjaim a sámánéktól. Itt a megszerzett lendületem megtört, megállt. Aggódva, tele félelemmel néztem volna hátra, hogy a korábbi gyötrőim, a démonjaim elől hogyan meneküljek, de nem volt rá szükségem. Gyengéden kézen fogott valaki.

– Gyere velem – szólt hozzám a HANG szeretettel teli, de ugyanakkor ellentmondást nem tűrő hangon.

Csak a HANG volt jelen, mindenféle forma vagy érzékelhető szín nélkül.

Az ellenkező irányba fordult velem, mint amerre a sámánt és segítőit utoljára látni véltem.

– Gyermekem, minden út a célhoz vezet, csak más-más irányból. Az most már nem a te utad. Gyere velem.

Szó nélkül, tele jó érzéssel mentem Égi Mesterem, Saját Magom mellett, amerre vezetett.

– A csúcs felé vezető út hosszú és kitartást igényel. De neked már nem kell járnod másik utakat. Amerre én vezetlek, garantáltan célba visz. Megígérem.

Megint könnyűvé váltam. Csodálatos helyeket, csalogatóan hívogató gyönyörű tájakat láttam, hallottam, tapintottam, ízleltem, éreztem és nagyon szerettem. Sehol nem akartam megállni, mert tudtam, hogy az én helyem sokkal, de sokkal meszszebb és fentebb van. Arra van az én igazi hazám.

Rend volt, nyugalom és béke, amely kitöltötte az ott tapasztalt létemet. Hiszem, hogy ez az érzés járna itt a Földön is mindenkinek, hiszen ez az eredet. Az EREDET. Az isteni érzet, az emberhez méltó állapot.

Az ehhez legalább közelítő állapot eléréséhez keresem az utat, hogy itt, a Földön is megtapasztalhassa mindenki. Ha kell, akár életem végéig is keresem a módját, a hogyant.

Fel nem adom soha!

IX. FEJEZET

Volt az életem során földhözragadt élményem is bőven. Annak hírére, hogy a kétharmados többségre való hivatkozással a hatalom önállóan, a nép akaratára tekintet nélkül alkotmányozni fog, felkerekedtem és Verecke irányából végigjártam az országot nyakamban egy táblával, amelyen a Nemzetgyűlés fontosságára, egyben szükségességére hívtam fel a figyelmet.

Pénzt, élelmet nem vittem magammal, csak váltóruhát. Utam során megtapasztaltam a vidéki magyar emberek, családok jószívűségét, jóakaratát, elszántságát, egyben az egymástól való elszakítottságát. Semmiben nem szenvedtem hiányt, amerre jártam szeretettel vártak, éjszakára meleg otthont biztosítottak.

A legmaradandóbb élményem mégis az országúthoz köthető. Az egyik kisebb településen a négyes számú főút egy focipálya mellett vezet el. Gyerekek játszottak a füvön, ruhadarabokat leterítve kapufélfák gyanánt. Jó érzéssel figyeltem őket, gyerekkori magamat véltem látni bennük. Látszott rajtuk a felszabadultság, a gondtalan játék öröme.

Észrevették azt a furcsa jelenséget az úton, amelyet a nyakamba akasztott táblával mutattam. Megállt a játék, engem bámultak. Kikerültek a látókörömből, folytattam az utamat. Rövidesen azt hallottam, hogy valaki trappol mögöttem. Megfordultam és nyilvánvaló volt, hogy az egyik labdarúgó-palánta rohan utánam. Megálltam, bevártam.

Megkérdezte:

– Bácsi, hová tetszik menni?

– Pestre – volt a válasz.

– Gyalog?

– Hát látod nem?

– És minek tetszik Pestbe menni?

– Mert az ország sorsa nem jó irányba vezet, és szeretném, ha jobbra fordulna.

– És honnan tetszik jönni?

- Vereckéről.
- Az messzi van?
- Hát, a határ túloldalán.
- Gyalog végig?
- Gyalog.
- És mit eszik a bácsi, és hol alszik?
- Útközben befogadnak jó emberek, és adnak enni-inni, meg fekvőhelyet.

Ekkor olyan dolog történt, amit évek múltán is csak könnyekkel küszködve tudtam elmesélni.

Az a csepp emberke – a derekamnál alig ért följebb –, átölelt, magához szorított és azt suttogta:

- Bácsi, én is elhívnám magunkhoz, adnék enni meg inni, meg átadnám az ágyamat.
- Köszönöm, kisfiam, de mennem kell az utamra.

Megfordítottam, ne lássa, hogy kicsordulnak a könnyeim.

- Eredj vissza focizni a többiekkel. Isten áldjon!

Folytattam az utam, a szívem megtelt csordultig szeretettel, nem csak a kislegény iránt, hanem az egész lét iránt.

Pestre érve, a Kossuth térre, először tapasztaltam meg, hogy sok olyan ember számára, akik szavára sokan odafigyelnek, nem a cél és a reménybeli végeredmény a fontos, hanem az, hogy saját maga legyen az élen.

Volt olyan szerveződés, ami körbeállva az országházat a lehető legjobb Alaptörvény tartalmáért imádkozott.

Biztos sok értelme volt...

Csak jelzem, hogy azon a napon semmi változtatásra nem volt már lehetőség. Elfogadják a képviselők, vagy sem. Persze, hogy elfogadták. Egy húron pendülnek... álca a hatalom, álca az ellenzék...

A valódi hatalom a háttérben van. A tényleges döntések nem az Országgyűlés adta keretek között születnek, hanem valahol máshol...

Amíg gyalogoltam, addig kérték az imalánc szervezőjét, hogy a két rendezvény idejét tegyék ugyanarra az időpontra, de nem. Az egyik délelőtt volt, amikor én érkeztem, meg az délután.

Ennek megfelelően egyik rendezvényen sem voltak annyian, amely képes lett volna további tömeget vonzani. Nagy csalódás volt számomra annak az egy-két ezer embernek a látványa. Lelkesen fogadtak, elszántságuk megkérdőjelezhetetlen volt, de nem voltunk elegen. Csalódottságom érthető volt. Az eseményről készített videofelvételen is kiérezhető. Valami mégiscsak történt ott és akkor, de ez már inkább személyes.

Az út során nagyon sokat gondolkodtam, mit és hogyan fogok mondani, de nem volt semmi gyakorlatom sok ember előtt beszélni. Amikor a célba érve felmentem az emelvényre, remegett mindenem az izgalomtól. Kezem, lábam. Görcsbe rándult a gyomrom, aggodalommal teli az agyam az esetleges bénaságomból fakadó kudarctól. Aztán a kezembe adták a mikrofont, hogy mondjam el, amit akarok. Ekkor egy egészen elképesztő dolog történt. Mintha valamit kihúztak volna belőlem. Szinte fizikálisan is éreztem. Néhány másodpercig tartott csupán ez a megfoghatatlan, semmihez nem hasonlítható, nevezzük kábulatnak. Amikor vége lett, elmúlt minden remegésem, gyomorgörcsöm, aggódó gondolatom, és soha többet nem tért vissza. Ezt követően bárhol, bármikor beszélnem kellett nyilvánosan, semmiféle gondot nem jelentett.

Kaptam valamit „fentről", de nem ezért gyalogoltam végig az országon. Ennél többet szerettem volna elérni.

2011. április 18 volt ez a nap. A nap, amelyen az Országgyűlés elfogadta az Alaptörvényt. Nem volt joga hozzá, mert az érvényben lévő ideiglenes Alkotmány ezt nem tette lehetővé.

X. FEJEZET

A következő hónapban végigbicikliztem Európát Trianonból a
Kossuth térig egy vontatmánnyal a hátam mögött, a következő, angol nyelvű felirattal:
„Igazságot Magyarországnak, hogy békéje legyen a világnak!"
Eredetileg az volt a célom, hogy Strasbourgban az Európai
Parlament épülete előtt megállok addig, amennyi belefér az
időmbe, hogy a felirat kapcsán az unió vezetői szembesüljenek
a magyarság múltbeli tragédiájával.

Az útvonalat ennek megfelelően terveztem meg és haladtam is ennek szellemében keresztül Franciaországon, de mint
már egy jó néhányszor az életemben, megint közbejött valami.
Egy nagyon kedves barátom a lakóbuszával kísérte utamat,
abban aludtunk az út során. Egyik hajnalban már világosodott,
amikor újólag magára hagytam az ágyon a Ferit és a Túlon a
HANG-gal értekeztem. Azaz nem értekeztem, csak meghallgattam. Szokásos módon a végtelen szeretet áradt belőle és az volt
mondandója lényege, hogy hagyjak fel a Strasbourgba menő elképzelésemmel, menjek a Duna forrásához és ott nyilvánuljak
meg maradandóan.

Ezt követően rögvest a „Feriben" találtam magamat. Gondolom azért, mert földhözragadt módon azonnal azon kezdtem
el agyalni, mi módon nyilvánuljak meg maradandóan. Továbbá
nem kicsit aggasztott, hogy ez az útvonalmódosítás mintegy háromszáz kilométernyi többlet utat eredményezett, ami a Pestre
való érkezés kötött időpontját befolyásolhatta volna.

Mivel a fentiek által hozzám küldött információk még mindig a helyükön voltak, ennek megfelelő komolysággal kezeltem
ezt is. Irányt váltottam, és a Duna forrása lett a közbenső úticél.

A Duna forrása a Fekete-erdőben egy nagyon kulturált, ülőhelyekkel körbevett, kútkávára hasonlító módon kialakított építmény. Az alatt a néhány nap alatt, míg a biciklim kerekei odagurultak, az agyamban működő fogaskerekek simára koptak, de nem jöttem rá, hogyan nyilvánuljak meg a „kútnál" maradandóan. Leültünk a kísérőmmel az egyik ülőalkalmatosságra és gyertyát gyújtottunk. Vártam az ihletet, mit is kéne tennem. Kezemben forgattam azt a szép formájú kavicsot, amit a Trianon palota kertjében a földről, nem tudni milyen célzattal felvettem, és a zsebembe rejtettem. Körülöttünk rend volt, nyugalom és béke. Semmi nem zavarta elmélyülésünket. Hirtelen megérkezett, amire ha nem is vártam, hogy jön, de reméltem. Rápillantottam a kőre és elmosolyodtam. Hát ezért hoztalak ide! A falazatból kiálló éles téglán felhasítottam a bőrt a balkezem kisujján, és a kiserkenő vérrel egy egyenlő szárú keresztet festettem a trianoni kőre.

Igyekeztem kizárni a külvilágot, majd vizionáltam a biciklim után vontatott táblán lévő felírást. Háromszor elmondtam magamban:

„Igazságot Magyarországnak, hogy békéje legyen a világnak!"

Majd ránéztem a kőre, és a következő szavak kíséretében bedobtam a forrásba, a többi természetes állapotában ott heverő kavics közé.

„Közvetítsd a világnak és hasson az emberekre az a szeretet, melyet az Isten-tudó magyar emberek a Teremtőjük iránt éreznek. Legyen az ebből fakadó, egymás iránt érzett szeretet a világ természetes állapota!"

Amíg a Duna ott folyik ki az Anyaföldből, ahol, az otthagyott trianoni kavics által ezt az üzenetet hordozza. Remélem, egyre többen lesznek fogékonyak rá, kortól, nemtől, nemzeti hovatartozástól függetlenül.

Azért egy csoda még megtestesült, hogy bizonyossá váljék számomra, nem a földi léthez köthető érzékszerveim űznek velem ízetlen tréfát.

Csendes ottlétünket követően felálltam és kinyújtóztattam tagjaimat. Ezt követően a megsértett kisujjam jutott eszembe, hogy be kéne kötni a sebem, vagy legalább lenyalogatni. Az a felhasított kisujjam, aminek vérével nem sokkal ezelőtt vörösre tudtam festeni egy nagyobbacska kavicsot, ép és egészséges volt. Sebnek, horzsolásnak semmi jele. Még csak véres sem volt.

Így nyilvánult meg a Feljebbvaló, és ezért szoktam elég sűrűn hangoztatni:

„Nem hiszek a túlvilági létben és nem hiszek Istenben sem, azért, mert TUDOM (!), hogy VAN!

Június negyedikére, a trianoni gyásznap évfordulójára érkeztem meg a Kossuth térre. Itt nem vártam sok embert, így nem is kellett csalódnom a megjelent létszámot illetően.

XI. FEJEZET

Az évek egyre-másra múltak a maguk megállíthatatlan módján. Nem unatkoztam, mert az nem a lételemem. A „ha nincs gondom, majd csinálok magamnak" jelszóval éltem az életem. Pár ezer könyvet elolvastam életem során, így mondhatom, hogy nem csak olvasni tudok, hanem némi gyakorlatra is szert tettem, hogy érteni legyek képes azt, amit elolvasok. Így jártam Kertész Imre *Sorstalanság* című könyvével is. Azt a mondatát, ami arra a könyvben feltett kérdésre válaszol, miszerint „Láttál-e krematóriumokat ott, ahol jártál?", ez volt a válasz: „Nem, csak egy kisebbet, mely a tábori rendes körülmények között meghaltak megsemmisítésére szolgált a fertőzések megelőzése céljából".

(Emlékezetből írtam, nem biztos, hogy szó szerinti idézet.) Ebből és más könyvben szereplő mondatokból levontam egy következtetést, melynek nyilvánosan hangot is adtam. Ezért fordulhatott elő az a helyzet, hogy Kertész Imre a leírtakért Nobel-díjat kapott, engem azért, mert ugyanazt felolvastam és értelmeztem, nullától három évig tartó börtönnel rendelt büntetni a hazai „igazság"szolgáltatás.

Éveken keresztül tartó bírósági hercehurca után örültek, hogy megszabadultak tőlem. Elég sok kellemetlen percet szereztem nekik, és számtalan munkaórát kényszerültek elszenvedni miattam. Végül persze az erősebb eb élt házaséletet és természetesen elmarasztaltak. De azt szokták mondani, jön még kutyára dér. Lehet, hogy pont arra, amelyik a fentiekben éppen „rajtam" élvezkedett.

Ezen egynéhány évben a spiritualitás tekintetében nem voltam „topon", de valami mégiscsak történt, aminek oka a mai napig megfejtetlen, egyben értelmezhetetlen maradt számomra.

A Hang mindenféle látványosság nélkül megjelent álmomban és a következő utasítást adta:

*Menj át a szomszéd faluba, Szigetbecsére – szólt a pontosítás –,
és a helység névtábláját követően az ott lévő feszülettel majdnem
szemben találsz egy eperfát, öleld meg!*

Kiskunlacházához képest szomszéd falunak nevezhető valóban az a település, de kiesett az útvonalamból, soha nem jártam arra. Így még a feszület sem volt meg, nemhogy egy eperfa. A Hangnak viszont megtanultam már szót fogadni a korábbiak kapcsán, ezért ébredés után rögvest elindultam a feladat irányába. A feszületet nem lehetett nem megtalálni. Az ott van. Bevallom, egy kicsit azért mégis meglepődtem. A vele szemben lévő oldalon tényleg van jó néhány, ki tudja hány éves, megtermett fa, de nekem tök egyformának tűnt mindahány első ránézésre. Némi nézelődést követően véltem felfedezni rajtuk különbségeket, de ettől még nem tudtam megállapítani, melyik közülük az, amelyiknek az eper nevű gyümölcs teremtése a feladata. Járkáltam fel és alá, négyszer vagy ötször azon a kb. húsz méter hosszú, érintett szakaszon. Aztán egyszer csak földbe gyökeredzett a lábam. Az egyik fa lombozata alatt a gyalogúton megláttam egy szem tökéletes épségben lévő eperszemet, ami mindaddig egészen bizonyosan nem volt ott. Szinte még a gunyoros hangot is hallani véltem. „Itt van, ökör, nesze, ha nem tudod megállapítani, melyik az eperfa!"

Mindez szeptemberben... amikor az eperfának lassan a levelei hullnak, nem a gyümölcse érik.

Persze, hogy szeretettel ölelgettem a fát jó hosszú ideig, de semmi további információ nem jött sem akkor, sem a későbbiekben.

Lehet, hogy csupán éberen akartak tartani. Ki tudja?

Nem kizárt, mert nagy szükségem volt rá a későbbiek során. 2017. 04. 24-én feladott levelet kézbesített számomra a postás. Kicsit furcsa volt küllemre, mert nem volt a feladó helyén semmi megjelölve.

Kinyitottam.

Géppel írott néhány sor volt, aláírás nélkül. Megszólítással együtt tíz sor volt összesen.

Ez a levél nagyon rövid időn belül felkerült az általam valaha legtöbbet olvasott írott anyagok listájának az élére. Körülbelül félórán keresztül olvastam el egymás után, vagy százszor. Nem tudtam eldönteni, hogy én felejtettem-e el olvasni és értelmezni, vagy valaki szórakozik velem. Viccesnek egyáltalán nem találtam. Mivel a feladó nem volt jelen, tehát nem tudott jót röhögni értetlen ábrázatomon, így az illetőnek a velem való szórakozni vágyás ötletét elvetettem.

Nem volt más, mint újra és újra elolvastam, de mindig ugyanaz jött ki. Valaki, illetve valakik ezt komolyan gondolták.

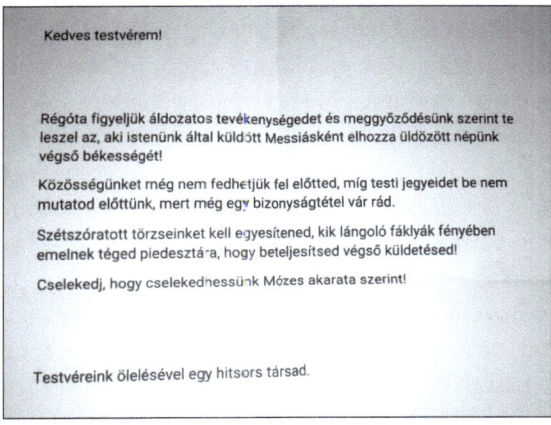

Íme, a levél maga!

Menjünk szépen sorjában.

A megszólítás: „Kedves testvérem!" Testvérnek általában azt szólítják, aki egy apától és anyától származik, vagy életútja, felfogása, nemzeti hovatartozása alapján egy másik illetőt annak tekint, vagy fogad el. A levél szerint én lennék az, aki elhozza üldözött népük végső békességét. A magyar vitán felül üldözött nép, de ezt a legritkább esetben használják vele kapcsolatban. Az „üldözött" jelzőt leginkább a zsidókkal hozzák összefüggésbe, természetesen nem alaptalanul, de az okokra most nem térek ki. Én lennék a zsidók messiása? Hát ezen nagyon elmosolyodtam magamban, de természetesen hosszas gondolkodásra is késztetett.

Nem fedhetik fel közösségük kilétét, amíg testi jegyeimet fel nem fedem előttük. Mire gondoltak? Azt felfedés nélkül is el tudom mondani – tekintettel keresztény gyökereimre –, hogy pici gyerekkoromban senki nem csúfította el az angyalbögyörőmet valami e célra használatos éles pengével, így az teljes egészében a mai napig is születéskori állapotában, hiánytalanul pompázik.

Viszont vannak valóban egyéb testi jegyeim, de azt ők honnan tudják?

(2014 novemberének valamelyik reggelén sebes háttal ébredtem fel, de nem úgy hajtottam álomra fejem az azt megelőző estén. Látták néhányan már a hátamon. Egész egyértelműen kivehető szimbólumok, állítják egybehangzóan.)

„Cselekedj, hogy cselekedhessünk" – folytatja a levél, ráadásul „Mózes akarata szerint".

Itt végképp elakadt a tű a lemezen. Nem igazán volt világos számomra, hogy Mózes mit is akar pontosan, nem hogy még az is világos legyen előttem, hogy az elvárt cselekedet tőlem miben is nyilvánuljon meg. Eltelt néhány nap és az a kezdeti telítettség, ami az agyamat a témával kapcsolatosan megtöltötte, kezdett feloldódni. Minden a korábban megszokott kerékvágásba zökkent vissza, mígnem május 29-én újabb levelet adtak postára, amit az azt követő néhány nap egyikén kezeimhez is kaptam.

Ez az előzőhöz képest egy kész regény volt, mert huszonnégy sorból állt. Mondanám, hogy jobban kiverte nálam a biztosítékot, mint az előző küldemény, mondhatnám, hogy az már kellő mértékben felkészített ennek befogadására.

De nem, vagy mégis?!

Ez az olvasmány a már tisztulófélben lévő gondolkodásomat, ha lehetett, még jobban összezavarta.

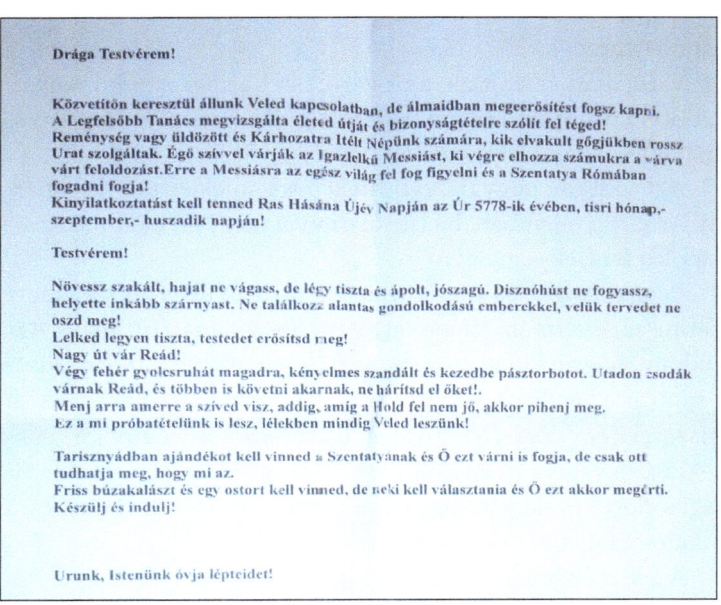

Íme, a levél!

Azt írja: „közvetítőn keresztül állunk veled kapcsolatban". Ez a közvetítő vagy nagyon rejtezett, vagy nem is létezett, mert nem volt és nincs is a létéről, kilétéről azóta sem tudomásom.

A két levélben megfogalmazottakban egyetlenegy mondat az, amelyik valójában a bensőmben jóérzéseket kiváltva megtalált. Ez pedig a „...kik elvakult gőgjükben rossz Urat szolgáltak" mondattöredék.

Valójában ez volt az, ami végett ezt az egészet komolyan kezdtem venni, és a tőlem telhető minden fórumon – értsd testi, lelki, szellemi – foglalkozni vele. Azt tudtam, hogy fizikálisan képes lennék az utat végigjárni. Az járt a fejemben, ha tiszta szívvel megyek, akkor számíthatok a fentiek segítségre is.

Persze az igen és a nem, menjek, ne menjek erősen küzdött bennem. Az elmém az mellett volt, hogy csináljam végig. Azt tudtam, hogy ha nem teszem meg, életem végéig minden áldott napon az a gondolat gyötört volna, mi lett volna, ha elmegyek... hiszen ez egy olyan lehetőséget ígért, amikor valami jót tehetek. Bár a végeredmény illetve az elérendő végcél nem volt világos előttem, de felfogtam, hogy ez egy soha vissza nem térő alkalom. Egyszeri és megismételhetetlen.

Azzal is tisztában voltam és vagyok a mai napig, hogy a teológia területén éppen csak járatos átlagember szintjén vagyok, de ezt inkább úgy fogtam fel, hogy nem vagyok megfertőzve vele, beskatulyázva általa. Pláne, hogy tízévnyi információgyűjtés és megértés után késztetésem sem volt, hogy ezen a téren egy picit is képezzem magam.

Vitán felül ez egy csapdahelyzet, amibe belekeveredtem. Akkor még így értelmeztem.

Végül a döntésemet attól tettem függővé, hogy a „megszokott" helyről kapok-e üzenetet, megerősítést, és ha igen, akkor pontosan mit.

A napi megoldandó feladatok problémáin kívül igyekeztem kizárni a gondolataimból mindent, ami összefüggésbe lett volna hozható a „megbízással", és vártam az égi igét. Szó szerint...

Napok teltek-múltak. Ezen időszakban a Kertész Imre ügy-
ből kifolyólag egy bírósági tárgyalás aktualitása is lekötötte fi-
gyelmemet és elterelte gondolataimat.

Mígnem az egyik hajnalban érdekes jelenségnek voltam nem
csak címzettje, hanem résztvevője, vagy inkább részese.
Aki megszólított, az nem öltött formát. Nem volt alakja, csak
léte. Nagyon erős világosság jelent meg haloványkék beütéssel
úgy, hogy magam is beleolvadtam. Kifejezetten lágy, nőies, me-
leg szeretettel teli, ugyanakkor végtelenül határozott erőnek
váltam alkotóelemévé.

Nem a már többször hallott Hang volt.

Amit átéltem vele, az nem hangok, formák, színek vagy ké-
pek formájában ért el hozzám, hanem egyszerűen megfogant.
Tudássá vált annak az akaratnak értelme bennem. Tudtam azt,
hogy üzenetet kell majd átadnom és nem hagyott semmi kétsé-
get afelől, hogy ki a címzett. Először az ostorhoz kapcsolhatót
értelmeztem, majd a búzakalászhoz valót.

Átéltem élményként mindkét variációt, attól függően, hogy
a kalászt vagy az ostort választja-e majd a pápa.

Az egyik a béke, a szeretet, az egymás iránti elfogadás, tole-
rancia csendes, nyugodt érzetét adta, langymeleg napsütés ér-
zetét keltve, míg a másik a durva, erőszakos, haragos, a kivagyi
elnyomás, kizsákmányolás, a háborúskodás nyugtalan, hideg,
zord, sötét, kilátástalan vibrációját ébresztette bennem.

Azzal is tisztában voltam, hogy nem szó szerint kell megje-
gyeznem az átélteket, mert a tudatom részévé vált. Egyszerűen
emlékeznem kell majd az átéltekre és az adott helyzetben min-
den előtérbe kerül, és hajszálpontosan képes leszek szavakba
öntve átadni az üzenetet.

Talán azért is így kaptam a feladatot, hogy ne gondoljak a
szavakra, mondatokra az út során, nehogy földi értelmezést ad-
jak a saját kútfejemből az üzenetnek. Volt, ami szó szerint meg-
maradt bennem, az nem képekben rögzült üzenet volt.

Így hangzott:
Ígéretet kell tennem, hogy a pápa gyűrűit (akkor még fogal-
mam sem volt, hogy több van neki) ezer éven keresztül elzárva

93

megőrzöm. Ez azt jelentette az ottani, látomásbeli értelmezésemben, hogy amíg azok a gyűrűk épek és nincsenek összetörve, addig a pápai intézménynek vége. Egy másik rendszer veszi át a helyét, ami minden vallások felett áll, mert minden emberi létformára egyetemlegesen vonatkozik.

Ennek az egyetemlegességnek a lényege az Anya és az Atya minőségegyenlősége, melyet a megnyilvánulatlan isteni akarat tart össze és éltet teremtő erővé. Ez az isteni erő pedig nem más, mint a szeretet. Ha így jobban tetszik, a SZER-Elem. A pápának szóló üzeneteket nem tudom szó szerint leírni, mert az ott és akkor vált volna élővé, amikor kiválasztotta volna az ajándékot. A lényege viszont mindkettő esetében az lett volna, hogy át kell adnia a hivatalát egy arra érdemesebbnek, aki nem a rossz Urat szolgálja, mint ő. A kalász választása esetén leélhette volna életét békében, meghurcolások nélkül, egészségben, tisztességben, az ostor választása esetén pedig – ami nyilván azzal járt volna, hogy nem adja át a hivatalát –, a fentiek ellentéte lesz a sorsa.

Amikor azt gondoltam, vége a látomásnak, vagy nem is tudom, minek nevezzem, felültem az ágyamon és kinyitottam a szemeimet. Ebben az immár nyilvánvalóan is éber helyzetben mi sem változott. Ugyanabban a ragyogóan világító, világoskék színezetű állapotban maradtam továbbra is, majd átéltem újólag a Camino során megtapasztalt, földi érzethez nem hasonlítható szeretetet, boldogságot, gyönyört. Lassan múlt el ez az érzés. Szinte kifolyt belőlem. Ahogy visszahúzódott belőlem a világosság, úgy halványult el, húzódott vissza a túláradó szeretet érzete is tőlem.

Csak ültem csak ültem, nem tudom, meddig. Döntöttem. Nem volt kérdés, hogy elindulok Rómába vagy nem, megyek, vagy nem megyek. Az, hogy végig bírom-e erővel, fel sem merült bennem.

Az érkezés időpontja meg volt határozva, azon nem kellett töprengenem. A „mikor induljak" viszont kérdéses volt, de csupán egy röpke gondolat erejéig. Elszégyelltem magam, hogy egyáltalán felmerült.

Mégis milyen anyai erő szólított meg a Világos Létben, világoskékben? Hát ezért választottam augusztus 15-ét Nagyboldogasszonyunk napját az induláshoz. A végleges elhatározástól a kiválasztott napig volt valamivel több, mint két hónapom. Ennyi idő alatt sok mindent el kellett intéznem. Akadt jó pár nehézség, amit le kellett küzdenem, de ezekkel nem fárasztom az olvasót. Minden akadály zömmel a fizikai síkon jelentkezett, így nem jelenthetett nagyon gondot. Azért volt, ami tőlem független volt, tehát valami beavatkozás mégiscsak történt. Munkavégzés közben furcsa okból – nem részletezem – leszakadt a bal szemem retinája. Műteni kellett. Végeláthatatlan betegállománnyal járt, mert terhet egyáltalán nem emelhettem. Ez időszak alatt gyalogoltam, azt nem tiltotta semmi, nem fekvőbetegnek írtak ki.

Ennek ellenére mikor hazaértem, a munkáltatóm első dolgainak egyike az volt, hogy sietve kirúgjon. Azt hitte a balga lélek, hogy kamu volt az egész szemész, azért, hogy leléphessek, ahogy ő fogalmazott. Ezt elsősorban arra alapozta, hogy az elhatározásomat követő rövid időn belül tájékoztattam, hogy néhány hétig nem leszek, és a szabadságon felül szükségem lesz néhány napra.

Nem engedélyezte.

Ezt a beszélgetést követően néhány nappal szakadt le a retina szememen.

Végül is elintézték a legnagyobb gondot jelentő ügyemet „odafent".

Mondjam, hogy egyengették az utamat?

Augusztus 15-én útra keltem kiskunlacházi otthonom kapujától. Nem volt ennivaló, sőt még egy hamuban sült pogácsa sem az úti málhámban, és egy forintnyi költőpénz sem.

Jártam így már az utat kis hazánkban, de ez azért más volt. Az végig itthoni körülmények között volt és folyamatosan figyelemmel kísértek. Ezúttal, leszámítva a hazai szakaszt, ahol nagyjából előre tudtam a várható eseményekről, ami a szálláslehetőségeimet illette, fogalmam nem volt, mire számíthatok.

Tekintettel arra, hogy nem öncélú feladatra vállalkoztam, így azt gondoltam, aki erre biztatott, legyen az illető földön vagy égen, gondoskodjon rólam.

Az első nehézséget a Lórév és Adony között járó dunai komppal való átkelés jelentette. Pénz nélkül, fura ruhában és erősen kiszőrösödött, nem mindenki számára bizalomgerjesztő küllemmel nem tudtam, mit várhatok.

Amikor odaértem a Duna-partra, megszólítottam a révkalauzt, elmondtam, hova készülök, és hogy nincs egy vasam sem. Úgy nézett rám, mint egy többszörösen hátrányos helyzetűre, de aztán csak – nem kevés győzködés árán – átvitt ingyen. A kompon mellém somfordált egy korombeli férfi, aki félig-meddig szem- és fültanúja volt a kallerrel folytatott eszmecserémnek. Tisztelettudóan köszöntött és megkérdezte, hogy nekem adhatja-e az otthonról hozott szendvicsét, mert úgy gondolja, ha nincs pénzem, ez jól jöhet még a nap folyamán. Hálás szívvel elfogadtam, megköszöntem, és a túloldalon egy padra leülve mindjárt meg is ettem.

Kaptam némi ízelítőt abból, mi is az emberi és isteni gondoskodás. Addig sem volt bennem sok kétség, de az a fikarcnyi is tovaszállt.

Az első napom útja a Soponya nevű településig vezetett egy szelíd, hatvan kilométeres séta eredményeként. Mire odaértem, lábfejeimen a bőr cafatokban lógott, hólyag hátán hólyag. A kukoricacsuhéból csodákat gyártó művészlélek házigazdám tanácsára a következő napi gyaloglásról lemondtam. Egy álló napon keresztül babusgatta, kenegette csodakenőcseivel sebeimet. Az az egynapnyi gondoskodó regeneráció csodákat tett elgyötört lábaimmal, újult erővel folytathattam megkezdett utamat.

Az elkövetkező napok estéin szeretettel teli vendéglátásban volt részem. Fehér zarándokruhámat minden alkatrészével együtt kimosták, kivasalták. Megetettek, megitattak, kényelmes fekhelyet biztosítottak számomra.

Hála legyen érte!

Napközben is meg-megállítottak az út mentén, elláttak gyümölcsökkel, innivalóval. Néhány gunyoros megjegyzéstől eltekintve zömében biztató mosoly kísérte utamat, a hivatalos érdeklődés legcsekélyebb látható jele nélkül. Magyarul, egyszer sem foglalkozott velem a rend éber őrségének egyetlen egyede sem.

Egészen hozzászoktam ehhez a jó léthez, ezért aztán furcsa volt, hogy Szlovéniában nem tettem meg száz lépést az országukban és megállt mellettem a
Kérdőre vont.

Érdekes beszélgetés volt, mert én egyáltalán nem beszéltem a szlovén nyelvet, ő meg annyira sem a magyart. Közös kommunikációs pont nélkül a Róma és a Vatikán szavakat felváltva használtam, egyre lassabban és egyre hangosabban, nem tudván, hogy a hallásával vagy az értéssel vannak-e gondjai. Végül valamelyik működött, mert pörgő szláv nyelv kíséretében visszaadta az útiokmányomul szolgáló egyetlen nálam lévő iratomat, a személyi igazolványt, és felsőbbrendűségét igazolandó laza, fellengzős karmozdulattal utamra bocsájtott.

Akkor még nem is sejtettem, hogy utam végéig kivétel nélkül minden áldott nap élvezni fogom az adott körzet hivatalos biztonsági szolgálatának igazoltatás formájában megmutatkozó kitüntető figyelmét.

A Szlovéniában az első napon megtapasztaltak elég kimerítőnek és elkeserítőnek látszó jövőképet vetítettek felém. Egy olyan házhoz közelítettem, ahol vagy nyolcan-tízen ültek egy étkezőasztalnál, amikor azonban észlelték jöttömet, azonnal korra, nemre való tekintet nélkül mindenki beszaladt a házba. Pedig nem szerettem volna mást, mint vizet kérni a kulacsomba. Ha lett volna tükör a kezem ügyében, biztosan belenéztem volna, mi változott meg rajtam ilyen hirtelen és tett visszataszítóvá és/vagy félelmet keltővé.

Az est egyre csak közeledett, és erősen hűlt a levegő hőmérséklete. Se étel, se innivaló, se fekhely. Ruha kimosása, vasalása, a tisztaság, a levélbeli elvárások szerint illatos legyek... jaj, Feri, ne nevettess!

Szembesültem azzal, hogy idegen honban semmi nem lesz fenékig tejfel. Eddig a napig semmit sem kellett nélkülöznöm. Nem vettem zokon, mert erre nagyjából a józan eszemre hallgatva számítani kellett, csak az fájt egy kissé, hogy még ivóvizet sem tudtam szerezni.

A település temploma mellett találtam egy szélvédett zugot, ahol terveim szerint igyekeztem átaludni valahogy az éjszakát. Volt egy valamilyen takaróm, amibe belebugyoláltam egész lényemet fejtől a talpamig, és a saját kilélegzett levegőmmel melegítettem a takaró alatt magamat. Alvásról nemigen beszélhetek. Amikor kidugtam a fejem, hogy friss levegőhöz jussak, a Nimród csillagkép volt a fejem felett az égbolton szinte egész éjszaka. Valahogy azt az érzést váltotta ki belőlem, hogy nem vagyok egyedül.

Azon is elgondolkodtam, miszerint a tudomány azt állítja, száguldó, folyton-folyvást táguló Világegyetem az otthonunk, miként lehetséges a nagy, táguló rohanás közepette, hogy az Orion öve épp olyan pontosan képezi le napjainkban is a Nagy piramisok helyzetét, mint évezredekkel ezelőtt? Valakik itt is hazudnak, semmi kétség!

Ez csak egy átmeneti gondolat volt. Más kötötte le valójában az értelmemet.

Eszembe jutottak azok a próféciák, melyeket ezen időszak kapcsán olvastam. 2017. szeptember 23-hoz köthető egy olyan csillag-együttállás, ami a csillagászok szerint hétezer esztendőnként figyelhető meg. Ennek főszereplője a Jupiter, a „király" bolygó, amelyet köztudottan, sajátjaként emleget a magyarság. Mindez a Szűz csillagképben megy végbe, amikor is a Jupiter belép oda, vagyis ott megszületik. Az idilli együttlétbe azonban belezavar egy üstökös, amely a megszületett királyi energiát veszélyezteti. Valami komoly dolog zajlott égen-földön egyazon időben, bár nem nagyon értettem meg ésszel az összefüggéseket, inkább mintegy átéltem azokat.

A mostani Ferenc pápa az utolsó pápa, írják sok helyen. Malakiás, az írországi érsek látomása adja hozzá az alapot, akit szentté is avattak.

Igaz lehet? És ha igaz, mi jön utána? Van nekem, vagy lesz ehhez a történethez bármi közöm?

Nem tudom, pontosan mit látott Malakiás és mit nem, amire alapozta jóslatát, csak azt tudom, hogy én is átestem valami nem mindennapi eseményen, névtelen leveleken, világoskék jelenésen, aminek eredménye kapcsán most itt fagyoskodhatok. Na, ezen a gondolatmeneten hangosan felröhögtem magamban. Gondolataim csapkodtak ide-oda. Rendet nem tudtam tenni közöttük, mert nem láttam át a nagy egészet. Sok minden belezavart. A szeptemberi zsidó évforduló ténye semmit nem javított a helyzeten. Pláne, hogy tudtam, hogy az nekik szuper év, vagyis az ötvenedik. Minden ötvenedik, az szuper év számukra. Az összes adósságot el kellene engedniük ezekben az években, ami éppen akkor még fennáll.

A Jupiter, a magyarság bolygójának asztrológiai aktualitása és a zsidó szuperév nem tudott nálam érdemben társulni a szeptemberi nap-éj egyenlőséghez kötődve. (Na, még ez is!)

Zsidók felkérnek egy magyar embert, hogy járjon végig egy utat értük. Hol itt a logika? Testvérüknek, Messiásnak neveznek, holott az ő Messiásuk hitük szerint csak közülük való lehet. Akkor? Hogy jövök én a képbe? Netán arra gondoltak, hogy egy közülük való csak úgy képes gondolkodni, cselekedni, mint ők? (Hasonló gének hasonló gondolatokat, ezáltal hasonló cselekedeteket hoznak létre.) Azt pedig látni, hova vezetett az évszázadok, évezredek során! A rossz Úr szolgálatához, ahogyan a levelükben megfogalmazták.

Lehet, hogy a Jupiter királyi energiája és zsidó szuperév valahol mégiscsak összekötődik a földhözragadt gondolkodáson túlmutató tiszta értelemben?

Azt írta az egyik prófécia, hogy az égen akkor ott serénykedő sárkány – lehet, hogy éppen a jelen lévő üstökös képében – elrabolja a magyar királyság energiáját, ami aztán néhány évre a pusztában éli tovább ideiglenesen létét.

Ennyiben maradtam magammal. Megoldást nem ismerem, a feladatot igen. Azt vállaltam, kérdés nincs. Elindultam, oda is érek. Ez eldöntött tény, mondtam magamnak, miközben fogaimat igen magas frekvenciatartományban kocogtattam egymáshoz a bőven tíz fok alatti külső hőmérséklet testemen átélt érzetének okán.

A gondolkodás adta képességem valamelyest azért felmelegített. Kevésbé fáztam, aztán lehet, hogy csak azt akartam érezni, hogy Nimród vigyáz rám, de sikerült az önszuggesztió, mert a hideg ellenére el tudtam valamicskét aludni.

Reggel kissé elgyötörten, de nem megtörten folytattam az utam.

Az elkövetkezendő napok viszonylagos egyhangúsággal követték egymást. Az emberek érdeklődése szemlátomást megnőtt az iránt a káprázat láttán, melyet szerénységem megjelenített. Miután megszólított egy férfi az utcán és szóra bírt, még egy újságcikk is íródott, Fehér Gandalfként emlegetve a csuhás vándort. Ezt követően egyre többen integettek jóindulatúságukról biztosítva. Vízhez majd' mindenütt hozzájutottam immár, az út mentén pedig mindig akadt egy-egy gyümölcsfa, mely kínálta magát termésével. Az egyik vendéglátóipari létesítménybe vízért kopogtattam, és süteménnyel, kávéval vendégeltek meg jószívvel. Az autók meg-megálltak mellettem és néhány eurót nyomtak a kezembe. Mindig annyit, hogy estére egy olcsó panzió, szoba bérét ki tudjam fizetni.

Negyedik napja gyalogoltam Szlovéniában, amikor vasárnap, a kora délelőtt folyamán megállt mellettem egy autó. Harminc év körüli, csinos asszonyka vezette. Udvariasan megkérdezte, hajlandó lennék-e beszélgetni vele pár szót. Természetesen igent mondtam.

Ami a keze ügyébe került a kocsiból, víz, kávé, mindenét odaadta. Elmondta, arra ébredt, hogy neki autóba kell ülnie és mennie kell valahova. Azt mondta, volt már ilyen az életében, akkor is hasonlóképpen cselekedett. Akkor egy szép vers lett az eredménye, mely az autókázás közben ébredt a fejében, mert ő valójában egy költő – mondotta. Amikor meglátott engem az út szélén, tudta, hogy miattam kelt útra, velem van beszéde.

Jót beszélgettünk. Sokat beszélt magáról és persze érdeklődött, hogy hova tartok, mi célból. Nagyon lelkessé vált válaszaimat követően. Megkérdezte, támogathat-e valamiben. Mondtam, nem nagyon, mert megvan mindenem. Kérdezte, hol alszom. Mondtam, hogy fogalmam sincs, majd ahol rám talál az este. Mégis meddig akarok eljutni? Mondtam neki, hogy Ljubljana lenne az aznapi célom. Mondta, hogy segít foglalni szállást, megteheti-e? Örömmel elfogadtam, mert nem kevés nyűgöt jelentett esténként még szálláshely után caplatni.

Átölelt, megköszönte az időt, amit rászántam, elbúcsúzott. Délután kettő körül jött egy SMS a telefonomra a szálloda címével. Szép, kényelmes, tiszta hotel volt. A foglalás a legnagyobb rendben, és ki is lett fizetve! Szlovéniában való tartózkodásom ideje alatt ez mindennap így ment. Cím SMS-ben megadva, lefoglalva, kifizetve.

Élénken él emlékezetemben az első éjszaka, amit Szlovéniában töltöttem és az a kontraszt, ami néhány nap elteltével megmutatkozott. Az emberek szinte kerestek, lestek, vártak az út mentén. Boldogok voltak, hogy megölelhettek, készíthettek egy közös képet. Enni-innivaló bőven jutott nap mint nap, mindezt határtalan szeretettel csokorba kötve. Megszerettem én is őket tiszta szívemből. Valaki valahol nagyon jól működtette a földi dolgaimat.

Amint átléptem a szlovén–olasz határt, három percen belül szirénázva megérkezett a helyi közeg személyemet megillető hivatalos fogadóbizottsága.

Megállnak mellettem, fülig érő szájjal vigyorognak ki a fejükből. Nem kérnek tőlem semmi papírt, kérdeznek. Mikor, honnan, hova, kihez, minek? Hitetlenkedve hallgatják válaszaimat, majd tájékoztatnak, hogy a Vatikán az Rómában van, ami bizony ide megszámolhatatlan kilométerre található. Tudomásukra hozom, hogy mielőtt elindultam otthonról, rápillantottam a térképre.

Hosszan és hangosan röhögnek. Majd egy váratlan fordulattal megkérdezik, mi a foglalkozásom. Mondom, hogy házakat építek. Nem gondoltam, hogy ez annyira vicces dolog, mert kicsordult a szemükből a könny, és a térdüket csapkodva visítottak. Aztán végül szóhoz jutva egyik a másikhoz fordul: – Mint Jozef, az ács – mondja. Ekkor értettem meg, hogy Jézushoz hasonlatosnak tartottak és ezen oly nagyon. Hány éves vagyok? – jött a következő kérdés.

Vettem a lapot.

Suttogóra vettem a figurát, közelebb hajoltam hozzájuk és azt mondtam, nem mondom meg, mert nem akarom megijeszteni őket.

Ez már sok volt nekik. Kiugrottak az autóból, átölelgettek, meglapogatták a hátamat, miközben hangosan nyerítettek. Majd az egyikük a röhögéstől még mindig fuldokolva kinyögte: cseppet se aggódjak, pazarul nézek ki, hisz' ezer évesnek is alig látszom. Na, ezzel még egy kis olajat vetettek az eddig is lobogó tűzre. Beszálltak az autóba és pergő anyanyelvükön mindjárt elkezdték ecsetelni friss élményeiket a szolgálati rádión, majd padlógázzal a távozás hímes mezejére léptek, de nem mulasztották el, hogy derékig kihajolva még búcsúhozzádot ne integessenek nekem. Az utca forgataga bizony nagyon nem értette azt a szürreális jelenetet, ami eléjük tárult. Két egyenruhás ölelget az út mentén egy bibliai alakra emlékeztető földi halandót. Hát az én szemeim is elkerekedtek volna a helyükben, biztosra veszem.

Amint rátértem az Isonzó felé vezető országútra, furcsa, megmagyarázhatatlan, soha nem tapasztalt érzés lett úrrá rajtam. Egy örömteli, egyben visszatérő fájdalom érzete. Egyszerre éreztem az elesett magyar katonák fájdalmát és az örömteli „viszontlátást". Anyai dédapám is harcolt itt. Sajnos nem emlékszem, mit mesélt nagyanyókám, itt veszett vagy hazatért innen. Mindenesetre olyan érzésem volt, mintha én is részese lettem volna az itt történteknek. Kilométereken keresztül potyogtak a könnyeim.

Kapcsolatom a hátralévő napok mindegyikében megmaradt a rendőrökkel. Nem telt el olyan nap, hogy ne igazoltattak volna. Arra lettem figyelmes, hogy napjában többször is górcső alá vesznek. Elmegy mellettem egy civil autó, váltakozó formában. Egy-kétszáz méter múlva félreáll, visszatolat, hogy derékszöget zárjon be az úttal és várakozik. Majd amikor néhány lépésre kerülök tőle, jól a képembe bámul, majd elindul és visszafelé veszi az irányt, amerről jött. Ez napjában többször is megesett.

Az estéimet az Olaszországban élő magyarok segítették iránymutatásaikkal. Az utamban élők adtak kézről kézre. Otthonról is éreztem a támogatást és kaptam nap mint nap a támogató, hasznos segítséget. Barátsággal, szeretettel gondoskodtak rólam utam során végig.

A Gandalf „fedőnév", úgy tűnik, átkelt velem a Szlovén–Olasz határon. Egy-egy mellettem elhaladó biciklista brigád csatakiáltásként ordította ki magából ezt a nevet, miközben lelkesen integettek.

Teltek a napok a maguk menetében. Amikor a tengerpart irányából befordult az út Róma felé, fertelmes felhők néztek velem szemben. Mielőtt elindultam otthonról és elcsendesedve kértem az égi erők támogatását, csupán egy dolog volt, amire konkrétan vágytam: ne ázzak meg. Ne kelljen az elemek ezen fajtájával bíbelődnöm. És láss csodát, megadatott, pedig volt nem egyszer, többször is, hogy éppen fedél alá jutottam, és szó szerint abban a pillanatban leszakadt az égi áldás.

Ezek a felhők viszont üzentek nekem. Minden zsigeremben éreztem a hideget, a leendő megpróbáltatást.

„Nem oda, Buda! Várunk és elkapunk téged!"

Néhány nap múlva be is váltották az elemek a fenyegetésüket. Reggel, mikor eljött az ideje az indulásnak, már esett. Nem szemerkélt, nem csepergett, hanem esett. Aztán szakadt, aztán ömlött. Ez egész napon át. Az út, amelyet a térkép alám szabott, le volt zárva egy tekintélyes sorompóval. Ez egy cseppet sem zavart, mert úgy szocializálódtam gyerekkorban, hogy a sorompót a felnőttek csupán azért telepítik, hogy a gyerekek játszásiból átbújhassanak alatta. Most is ekképpen cselekedtem. Nem sok időbe tellett, míg rájöttem, hogy komoly oka volt a sorompótelepítésnek, nem pedig az arra kószáló különleges egyedek számára az örömszerzés. Ugyanis volt, hogy nem volt. Mármint út. Olyan szinten nem volt út, hogy megnéztem a térképet, van-e másik belőle, egy célra vezető. Volt. De az több mint harminc kilométernyi többlet-gyaloglással járt volna.

Na, azt nem vállaltam.

Itt viszont nem volt út, merthogy az történetesen belecsuszamlott a völgybe, a hegy egy komolynak nevezhető darabkájával egyetemben. A *hogyan tovább* adta magát.

Hegynek fel. Pontosabban annak, ami megmaradt belőle. Cefet egy út volt, mondanám, ha az útnak nevezett jelenség bármely elemét fel tudtam volna fedezni. De nem.

Meredek volt.

Nagyon.

Rolling Stones. Azaz gördülő kövek számolatlanul.

Szakad az eső, ömlik, zúdul, felváltva.

Csúszik, mint állat.

Nagyon.

Visszacsúszom.

Többször.

Pofára esem.

Többször és nagyon.

A varacskos disznó úriember hozzám képest.

Sebaj.

Pontosabban a baj nem ez.

Beleakadt valamibe a jobb lábfejem, és a középső ujjam kitört. Szó szerint. Kilencven fokban állt a többiekhez képest, el a szandálomtól, amihez aznap, időjárásra való tekintettel, nem húztam zoknit. Csont nem tört, de ami szakadhatott az ujjamban, az minden elszakadt. Három év elteltével sem gyógyult meg. A nap minden órájának minden percében tudomásom van arról, hogy a jobb lábfejemen van egy középső ujj.

Kínkeserves egy nap volt, ráadásul majd' ötven kilométer a táv, melyet pocsék időben, hegyi terepen, jórészt csúszva-mászva kellett megtennem. De mint mindennek, egyszer ennek is véget kellett érnie. Gyakorolhatnám még irodalmi képességeimet és ecsetelhetném a nap megpróbáltatásait, de legyen elég annyi, hogy az ellenerők nem okoztak csalódást. Szívattak egész nap. Ez az ő napjuk volt. Megmondták, szóltak előre. Szemétségben, találékonyságban páratlanok, vérprofik. Ebben nem lehet vita. Pontosan tudták, mikor, mely terepen, hogyan kell lecsapni. Ott és akkor, amikor nincs más választásom, minthogy csak az általuk kijelölt kalandtúra útvonalon mehetek.

Letudtam.

Ez volt az első és egyben egyetlen eset, amikor Lacházától Rómáig, a több mint öthetes út során eláztam. Igaz, ezúttal rendesen.

Volt egy érdekes napom. Azt már nem is említem, milyen szeretettel viseltettek irántam az emberek. Volt, hogy egy aszszonyka a városka buszmegállójának padján ücsörögve várt engem porcelántányéros meleg étellel, fém villával, késsel, friss gyümölccsel, palack vízzel. Jó étvágyat kívánt, megölelt, majd magamra hagyott tányérostól, mindenestől.

Ilyen és hasonló élmények után kissé nehezen dolgoztam fel, hogy egy országúti benzinkút kávézójába való betérésem alkalmával a kétdecis pohár csapvízért, amit kértem, ötven centet kellett fizetnem. Természetesen kifizettem, de nem esett jól. Valahogy nem éreztem méltányosnak. Kifordultam vissza az országútra, természetesen forgalommal szembeni oldalra, ahogyan végig az út során. Hátranéztem, már csak megszokásból is, mi van mögöttem. Nagyon meszsze láttam jönni egy piros autót. Nem fordítottam rá különös figyelmet, elindultam. Rövid időn belül a közelembe ért. Hallottam, hogy lelassít, odanéztem. Nagy meglepetésemre átjött az én oldalamra, a neki szembe forgalmi sávba kinyújtott karral, becsukott marokkal. Félreérthetetlen volt, hogy adni akar. Kinyújtottam felé a kezem, így a kezembe csúsztatott valamit. Köszönt, gázt adott, majd tovalibbent. Döbbenten álltam, olyan gyorsan történt minden. Megnéztem, mi volt a kezemben. Három darab húszcentes.

Az út során elég sokszor kaptam pénzt a biztató szavak mellé. Soha, sem ez előtt az esemény előtt, sem utána senki nem adott aprót. Mindig csak papírpénzt. Ezúttal perceken belül valaki, ki tudja milyen indíttatástól vezérelve, kifizette a benzinkúton elfogyasztott vizemet. A szikrányi rosszkedvem azonnal tovaszállt. Mondja azt valaki, hogy nem létezik a Gondviselés!

Azért azt is megtapasztaltam, milyen az, amikor nincs meg az égi támogatás. Az utolsó napok egyikében, Rómához közeledve, könnyebb terepen, az adott napi végcélhoz közeledve leültem egy padra pihenés céljából. Pontosabban fogalmazok: leroskadtam, lerogytam a padra. Aznap nagyon elfáradtam. A könnyű útvonalon szinte csak botorkáltam, vánszorogtam, alig-alig haladtam. Csak ücsörögtem a padon és képtelen voltam folytatni az utamat, pedig alig több, mint egyórányi járásra voltam a céltól, ahol az éjjeli szállásom a jótét lélek segítőim által lefoglaltatott. Csak ültem és ültem. Ez az állapot elvezetett egy meditatív mélységbe, ahol is szembesültem azzal az információval, hogy körülbelül ilyen állapotokba kerültem volna mindennap, ha nem támogatják az utamat erővel és egészséggel.

Végtelen hála járta át lényemet. Bár igyekeztem mindennap ennek belső hangot adni, de valóban nem tudatosult bennem csak részben az, hogy valójában mit is jelent az égi támogatás.

Nem csak a földi javak menetrendszerű megjelenése, amelyek nélkül nemhogy idáig, hanem jóformán semeddig nem jutottam volna, hanem az az erő, amellyel rendelkeztem, és a jelentős fáradságérzet hiánya voltak az alapvető tényezők, amelyek végül is sikerre, azaz a Vatikánig vezettek.

Eljött a nap, amikor megérkeztem Rómába, a Szent Péter térre, az obeliszk keskeny árnyékába. Könnyes hálát adtam újfent az égieknek és földi segítőimnek, hogy ideértem, hogy utam során mindenben segítettek.

Első dolgom annak kiderítésére vezetett, mi az a protokoll, amit követnem kell annak érdekében, hogy hivatalosan a pápa közelébe kerülhessek.

Azzal tisztában voltam, hogy mindent kiderítettek rólam azon idők folyamán, amíg gyalogoltam, hiszen az utolsó napok egyikén, mielőtt elértem volna a Vatikánt, még a hátizsákom tartalmát is szemrevételezték.

Nem elégedtek meg az addig követett napi rutinnal, hogy csak úgy simán megállítsanak és a szokványos kérdéseiket feltegyék.

Tizenketten jöttek egy ellen.

A takarékosság jegyében rutinosan három telekocsival érkeztek. Egy nénó-nénó típusú, és két civil. Körbevettek és faggattak. Óriási angoltudással felvértezve mindezt. Körülbelül száz szót tudtak angolul. Tizenketten együttvéve. Tekintettel az átfedésekre, ez a köszönéssel és a *hová igyekszem*mel ki is merítette a teljes kommunikációs repertoárjukat. Ezúttal meg kellett mutassam a háti poggyászom beltartalmát is. A magammal hozott karikás ostor – mint az egyik ajándék – felettébb felkeltette érdeklődésüket. Azt nem mondhattam nekik, hogy a pápának viszem ajándékul.

Hirtelen ötlettől vezéreltetve a derekam köré tekertem és véget nem érő angol körmondatba fogtam, melynek sűrűn visz-sza-visszatérő eleme a safety belt (biztonsági öv) szóhasználat volt, remélve, hogy ez a kifejezés értelmezhető lesz számukra.

Egy angol biztosan sírva fakadt volna, ha hallja amit össze-hablatyoltam anyanyelvén, de a rend derék, angolul mit sem tudó őreit sikerült olyan helyzetbe hozni, hogy előbb-utóbb el-szégyellték magukat tudatlanságuk okán. Egymás között anya-nyelvükön értelmezték a látottakat és hallottakat, majd nyilván egymást meggyőzve útjára engedték az – szerintük – együgyű vándort. És igazuk volt. Tényleg csak egy ügyem volt.

A másnapi nyilvános fogadásra való bemenet módja regiszt-rációval kezdődik, melyet menet közben segítőim által sikerült digitális formában előzetesen eszközölni. Ezt követően szemé-lyesen kellett a belépéshez szükséges kártyát felvenni. A hátizsá-komat, kiváltképp a vándorbotomat, nem vihettem magammal, azt egy adott helyen letétbe kellett helyezem. Ez a tény erős gon-dolkodásra késztetett, hogy másnap miként oldom meg akkor a rám bízott feladatot és mutatom be a pápának az ajándékot.

Nem kellett sokat törnöm a fejemet a mikénten, mert ahogy a kezembe nyomták a másnapi belépőt, mindjárt a tudomásom-ra hozták, hogy semmit, de tényleg semmit sem vihetek be ma-gammal arra a zárt területre, ahová a belépőm jogosulttá tesz.

Nem tehettem mást, mint mindenemet a szállásomon hagy-ni, rábízni magamat a történésekre.

Felhívták figyelmemet arra, hogy időben érkezzek, mert a biztonsági átvizsgálás okán nagyon lassan halad majd a belépte-tés. Kettő órával az esemény kezdete előtt már ott voltam, és valóban igen hosszú sort kellett végigállnom. Illetve majdnem végig. Amikor a biztonsági zónába értem, a tapizó személyzet főnökének tűnő egyed meglátott, kivonszolt a sorból és közben a rádiótelefonján értekezett, valószínűleg egy még nagyobb fő-nökkel. Én voltam maga a Láma, ahogyan szavaiból kiderült. Magamban vigyorogva nem tudtam eldönteni, hogy Gandalf-ból éppen lefokozott vagy előléptetett. Ami biztos volt, hogy számítottak rám. Egy pillanatra nem engedett ki a markából, magával vonszolt az emelvényre, ahol csak a fontosnak tűnő egyedek tartózkodhattak. Ezt nagy örömmel nyugtáztam, remélve a biztató folytatást.

A nyilvános szertartás kezdetén a pápa köszöntötte a zarándokokat. Mindenki zarándok volt, aki valahonnan csoportosan érkezett, mondjuk akár egy légkondicionált busszal bárhonnan.

A közeli jövő kilátásaira való tekintettel nem vettem jó jelnek, hogy az nem tekinthető zarándoknak, aki ezerkét-három-négyszáz kilométert gyalog tesz meg, mert ezt az illetőt szóval sem méltatta. A pápai pulpitus tőlem olyan tizenöt méterre volt. Fogalmam sem volt, hogy lesz ebből személyes kapcsolat, de nem volt mit tennem, mint kivárni a végét. Az nyilván való volt, hogy tudnak rólam, hiszen volt „munkanevem". A Láma, de sehogy nem láttam ki a folyamatábrából a rám vonatkozó folytatást. Azt követően, hogy leültettek egy kimondottan előnyös helyre, a továbbiakban nem vettek rólam tudomást. Legalábbis nem volt látható nyoma.

A mise végén Ferenc, a pápa, a maga kis zárt, kerítéssel védett folyosóján körbejárt és az arra érdemes rajongók kifejezhették számára csodálatukat. Én is test-, de inkább azt mondom, hallóközelben voltam, így ékes angol nyelven tájékoztattam, hogy nekünk személyesen értekeznünk kell. Nem csinált úgy, mint aki nem hallja, mert válaszolt, hogy nem lehetséges.

Teljesen világos volt számomra, hogy tudott létemről, tudott érkezésemről. Nem csak ő tudott, hanem a személyzete is, igen magas fokon. A biztonsági főnök, akinek bejelentették a Láma ottlétét, és akinek nyilvánvaló akarata szerint ültettek oda, ahova, nem kis beosztású valaki kellett legyen.

Valahogy az volt az érzésem, hogy nem egy akarat erői voltak jelen és valószínű itt is érvényesült az örök igazság, miszerint az erősebb eb éli el rendszerint a házaséletet a gyengébb kárára.

A Pápa akarata érvényesült, és ő valamiért nem akart találkozni velem. (Ez a mondat később egy kissé pontosításra szorul.)

Közelről láttam „viharvert" ábrázatát, ami a hivatalos magyarázat szerint esés által bekövetkezett sérülés. Ezzel a probléma csupán annyi, hogy a világ prominens, ismert vezetőinek sokasága pont így, pont ott ütötte meg az arcát. Egészen biztos vagyok benne, hogy a köznép által ismeretlen rituálé eredménye. Láttam a druszám szemét. Mivel nem tudom azt mondani, hogy lágy, jóravaló, szeretetet sugárzó tekintete van, így inkább nem mondok semmit. Azért arra vágyom, hogy éjjel, jóízű álmaim közepette ne ez a tekintet lepjen meg engem. Döntése igencsak vegyes érzelmeket hozott felszínre bennem. Az értetlenség, a csalódottság, a düh, a meg nem értés kavargott bennem, fura elegyet alkotva. Ez az érzés azóta sem változott meg. Kiváltképp, hogy kezembe került egy cetli, melyet ki tudja, honnan szakajtottak ki. Az írásban vannak hivatkozások korábbi információkra, melyeket az eredeti szöveg tartalmazott, de azok számomra nem ismertek, így magyarázatot sem tudok hozzáfűzni.

Lepötyögöm szó szerint, kissé tagoltan, hogy olvashatóbb legyen.

„Eljutottunk a mostani helyzetünkhöz, amelyet csak ezeken az ismereteken keresztül tudunk megérteni a teljes súlyával, veszélyével, és ennek tudatában a megoldás lehetőségével is!

A „transzhumanizmus" (ember-átváltoztatás) zsidó gyökerű elmebetegsége.

A fentiekben megértettük a zsidóparazitizmus keletkezését és annak gyökereit. Tudjuk, hogy az „egyistenhit" az ő szemükben nem jelent mást, mint azt a genetikust, aki őket teremtette és beléjük oltotta a feltétlen engedelmességet parancsait illetően.

Nincs képességük ezt elbírálni, nincs lehetőségük megszegni, mert a kapcsolatot tartó „papjaik" a rabbik ezt megkövetelik tőlük.

A teremtőjükről (Seth-Jahve-Sátán) tudjuk, hogy félig szintetikus – mesterséges –, és ennek köszönheti viszonylagos időtlenségét, tehát nem halhatatlan.

Ez a lény jelenleg itt tartózkodik.

Mielőtt ettől a kijelentéstől felszisszennénk, egy vatikáni bíboros kijelentette, hogy: „A Sátán valóság!"

Annyira valóság, hogy még személyleírásunk is van erről a finoman kifejezve, „technokratáról". No, azért nem az utcán sétálgat, hanem rejtőzködik és bujkál. *Teszi ezt azért, mert nem sérthetetlen, nem legyőzhetetlen, tehát elpusztítható!*

Ő áll a parazitizmus hatalmi láncolatának a csúcsán, azon a ponton, ahonnan irányítja az ő klónozott és lelketlen, szeretetképtelen, önkritikátlan eszközeit, felhasználva a bolygó elpusztítására.

A Sátán elpusztítása nem csak lehetséges, hanem parancsolóan szükséges is!

Tudjuk, hogy rendszeres időközökben parancsokat küld rabbijainak!

Szóba került a Vatikán.

Kevesen tudják, de 2017-ben (a zarándoklatom évében) a Hittani Kongregáció (Inkvizíció) főnöke Gerhard Ludwig Müller és hatvan püspök és bíboros petíciót írt alá Ferenc pápa menesztésére, eretnekként – mint sátánista főbűnöst! – megnevezve őt!

A zsidókkal keveredettek egy része eközben felismerte alávetettségét a Sátánnak, hogy ők csak eszközök ebben az ön- és világpusztító harcban, mert a parazita vérével szennyezettek újjászületni képtelenek, ha nem küzdenek ellene!

A sors érdekessége, hogy ebben az időben egy magyarországi zarándok tartott a Vatikánba, és Ferenc pápa csak az utolsó pillanatban jött rá, hogy a világ zsidósága ennek a zarándoknak személyében a Sátántól való végleges elszakadást látja!

A GIR, a vatikáni csendőrség nem akadályozta őt, miközben a prófécia szerinti időben és módon érkezett a hatalom átvételére..."

Sokáig töprengtem, írjak-e még ezután valamit, vagy hagyjam meg ezt az írást végszónak. Sokat nem fogok hozzátenni, csak még ami kikívánkozik belőlem.

Szeretném egyszer és mindenkorra tisztázni, hogy az utat tiszta akaratból, jó szándéktól vezéreltetve jártam meg. Az engem Messiásként megjelölő levél elnevezése semmiben nem befolyásolt. Természetesen nem tartottam és nem is tartom magam annak, mint ahogyan Gandalfnak és Lámának sem, ami neveket itt-ott rám aggattak.

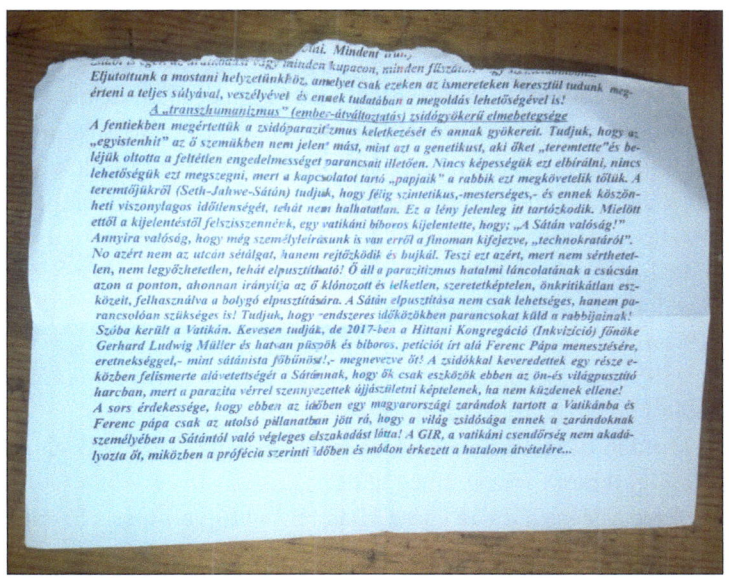

A fenti írás azt mondja, hogy „... szerinti időben és módon érkezett a hatalom átvételére." Kijelentem, hogy nem! A hatalom megszerzése nem motivált egy pillanatra sem.

Ami viszont igen, hogy tisztában vagyok azzal, hogy a világ sorsának folyását jobbá tehettem volna, tehetném, ha megfelelő eszközeim lennének. Ha ez a pápaság intézménye lett volna, akkor az lett volna az, ami ezt beteljesítheti. A lehetőséget nem utasítottam volna vissza, és nem utasítanám vissza napjainkban sem.

Miért?

Azért, mert az emberiség igenis megérett az igazság – melyet oly nagy energiaráfordítással titkolnak – befogadására. Igenis szükség lenne arra, hogy a világ földi javait ne a lakosság összlétszámához mért három százalék bitorolja, rabszolgasorsban tartva ezen okból kifolyólag a fennmaradó kilencvenhét százalék többségét.

Igenis szükség lenne azon tiltott találmányok hasznosulására, melyek az egész emberiség boldogulását szolgálnák.

Napjainkban a föld újratermelő képességét az adott év augusztusára feléljük. Az év további egyharmadában az utánunk következő nemzedékek életterét, lehetőségeit csökkentjük. Ehhez nincs jogunk. Ezt a gondolkodást csak a harácsoló, saját maguk fényűző, úrhatnám életében gondolkodók képviselik, akik a hozzám intézett levélben emlegetett „Rossz Urat" szolgálják.

A Rossz Úr további szolgálata előbb-utóbb a földi élet pusztulásához vezet és aki azt szolgálja, az emberiség árulója, élén a Vatikán aktuális urával.

Nem kétséges! Változtatni kell, ha biztonságban akarjuk tudni unokáink jövőjét! Változtatni sohasem késő!

Minden tiszteletem azoké, akik felismerték, hogy „kik elvakult gőgjükben rossz Urat szolgáltak".

„Erre a Messiásra az egész világ fel fog figyelni, és a Szentatya Rómában fogadni fogja!"

Csak néhány figyelemre méltó apróság, milyen okból hiúsulhatott meg az „esemény".

Rossz volt a Messiás választása, és nem volt az illető Messiás? Ez könnyen elképzelhető. Ez esetben ez szarvashiba. Mint ahogyan az is, hogy a pápa Szentatya néven van nevezve.

Én nyilvánvalóan nem vagyok semmiféle Messiás. Nem kérdés, mint ahogyan az sem, hogy Pápa Ferkó sem Szentatya, legalábbis cselekedeteit és hovatartozását tekintve semmiképpen nem tölti be azt a szerepet, amit a világ keresztény része joggal várhatna el egy szenttől...

Ami tény: a vatikáni intézmény egy majdnem teljhatalmú, minden akaratát keresztülvinni tudó alak vezetése alatt áll, mely intézmény egyértelmű ellensége nem csak a keresztényeknek, hanem az emberiség egészének.

Volt egy jószándékú valaki személyemben, akit számomra valami rejtélyes okból megtaláltak, aki meg is csinálta becsülettel, amit vállalt. Olyan embert találtak, akit Fentről is elláttak megfelelő útmutatással. E tekintetben nem tévedtek.

Akkor hol a hiba?

Valahol a „Szentatya" környékén kellene azt keresni.

Miért?

Azért, mert volt egy lehetőség a változásra a „szuperévben".
Ráadásul egy több soron prófétikus időben. Viszont a pápa egy
komolynak tűnő belső ellenakaratot képes volt maga alá gyűrni,
nyilvánvalóan egy meglévő erős akarat megfelelő rásegítésével.
Mi lenne az? Akkor még nem tudtam, de azóta egy hozzám
eljuttatott információ magyarázatot adott erre is.

Az Idő Kerekének forgását a vatikáni Kilencedik Kör nagy-
hatalmú sátánista gyülekezete akadályozta meg!

Ferenc pápa tulajdonképpen csak egy eszköz! Eszköz az ő ke-
zükben! Bár ez a tény egy cseppet sem mentesíti felelőssége alól.

Ez volt az oka, hogy nem tudtam küldetésemnek eleget tenni!

A Sors érdekessége az, ha akkor ezt nem akadályozzák meg
és a küldetésemet sikerül beteljesíteni, sok minden másként
alakulhatott volna a világban!

Beteljesedett volna Malakiás Próféta jövendölése az utolsó
pápával kapcsolatban, és elkerülhetővé vált volna az a katarzis,
amit Apokalipszisnek hívnak.

Talán még nem késő, de az idő több mint fogytán van!

Kérdés, van-e még a változtatáshoz szükséges akarat és a
hozzá szükséges erő a „második" vonalban, hogy megteremtse
a változás esélyét, vagy nincs?

Ha nincs, akkor kérdés sincs, csak megoldatlan problémák
vannak. Ha van erő és akarat, akkor sincs kérdés, csak megol-
datlan problémák, de ez esetben orvosolhatók.

Ha egyszerűsítjük az egyenletet, akkor a megoldatlan problé-
mák maradnak... vagyis valakinek, valakiknek cselekedni kéne!

Nyugodtan le merem írni: az emberiség túlélésének szem-
pontjából élet-halál kérdés, hogy lesz-e, van-e cselekvő erő vagy
nincs, és ha van, az teszi-e dolgát, vagy nem.

Rajtam nem múlt semmi eddig sem. Lelkiismeretem tiszta!

Csak szíves tájékoztatásul közlöm az érintettekkel, ami fela-
datot e kapcsán 2017-ben vállaltam volna, azt ma is vállalnám,
és tisztességgel eleget is tennék neki.

Ami tőlem tellett, azt becsülettel megtettem a közös ügyünk,
az emberiség érdekében. Felvállaltam és végig is jártam az utat,

ezzel elismertem a zsidók engem megkereső csoportjának megnyilvánulását igaznak – mely szerint Rossz Urat szolgáltak –, és elhittem a megtérésük kinyilvánításának őszinteségét. Ma sincs ez másként. Még mindig bízom bennük, de most már bizonyítaniuk kell, hogy kiérdemlik a bizalmamat! Annak ellenére mondom ezt, hogy a nekem eljuttatott névtelen levél írója, írói, több szempontból tévedtek. Személyemben a zsidó származásomat illető feltételezés hamis, de ezen semmi nem múlott. Azon viszont sok, pontosabban minden, miszerint a „Szentatya" fogadni fog. Ez a téves előrejelzés viszont a látható világban mindent felülírt. (Mindez a COVID-19 világ ragály nyomasztó tudatában értelmezendő!)

Talán nem véglegesen...

Végezetül ezúton szeretnék köszönetet mondani mindazoknak, akik a fizikai világban és/vagy a szellemi síkon a maguktól telhető módon támogatták, segítették utamat a Kiskunlacháza–Vatikán gyalogos zarándoklat viszonylatában 2017. augusztus 15-től a szeptemberi megérkezésig.

Azoknak külön megköszönöm, akik pénzt, időt nem sajnálva utánam jöttek Rómába, hogy találkozzanak és együtt legyenek a téren velem. Sajnálom, hogy a remélt élmény nélkül maradtak akkor.

Valami azt mondatja velem, nem volt felesleges az erőfeszítés, és a java még hátravan! Nincs semmi ok nélkül, így ez az út sem lehetett hiábavaló!

Nem azért születtünk, hogy feladjuk, hanem azért, hogy adjunk... ha mást nem, akkor magunkból valamicskét a világnak!

Még akkor is, ha egy olyan világban élünk, amikor a sátán már egyáltalán nem rejtőzködik, ennek ellenére az emberek többsége mégsem érzékeli Őt.

Nem leszel „népszerű" azzal, ha te látod Őt, ennek figyelembe vételével mondom:

Ha te fogod a vitorládba a szelet, mindegy, merről fúj!
De ha cél nélkül tekered a kereket, a szél marad az úr.
Nagyboldogasszonyunk, Égi Édesanyánk áldása kísérje lépteinket, szeretet, boldogság mindennapjainkat!
Legyen így, mert így rendeltetett!

Megtaláltak. Így kezdtem a könyvet...
Nos, kiderült, miért pont engem?

Kecel, tanya, 2020 év második fele

Orosházi Ferenc András
zarándok

A szerző

Orosházi Ferenc Pécsen született, 1957. 11. 15-én. Monoron telt gyermekkora tízéves koráig, mikor is a fővárosba költöztek. Itt fejezte be az általános iskolát, amely után az építőipari technikum következett. Ezt elvégezve a szakmában helyezkedett el építész kivitelezőként. Nős, öt gyermeke van. Legkedvesebb elfoglaltsága a tanyasi munka. Eddig egy kötete jelent meg, az én és ÉN magánkiadásban, William Sexpeare álnév alatt.

novum ▲ KIADÓ A SZERZŐKÉRT

A kiadó

Aki feladja,
hogy jobbá váljon,
feladta,
hogy jobb legyen!

E mottó alapján a novum publishing kiadó célja
az új kéziratok felkutatása, megjelentetése,
és szerzőik hosszútávú segítése. Az 1997-ben
alapított, többszörösen kitüntetett kiadó az egyik
legjelentősebb, újdonsült szerzőkre specializálódott
kiadónak számít többek között Ausztriában,
Németországban és Svájcban.

**Valamennyi új kézirat rövid időn belül egy
ingyenes, kötelezettségek nélküli kiadói
véleményezésen esik át.**

További információkat a kiadóról és
a könyvekről az alábbi oldalon talál:

w w w . n o v u m p u b l i s h i n g . h u

novum KIADÓ A SZERZŐKÉRT

Értékelje
ezt a könyvet
honlapunkon!

w w w . n o v u m p u b l i s h i n g . h u